Nell Leyshon

Ich, Ellyn

Roman

Aus dem Englischen
von Wibke Kuhn

EISELE

Besuchen Sie uns im Internet:
www.eisele-verlag.de

MIX
Papier
FSC FSC® C014496

Gesetzt aus der Dolly
Satz: LVD GmbH, Berlin
Druck und Bindearbeiten: GGP Media GmbH, Pößneck
Printed in Germany
ISBN 978-3-96161-129-4

ENGLAND 1573

fangen wir an
ich weiß ’sist früh denn es ist stille es ist dunkelheit
und dann kommt aus dunkelheit ein schrei

ich lieg auf heu was süß riecht und nach totsommer und ich horche und weinen kommt wieder und da schieb ich wolldecke beiseite und kriech zu ritze in der steinmauer was dünn genug ist dass man einen pfeil rausschießen könnte und draußen der himmel immer noch schwarzblau und er hat schnitte wo licht brennt dann hör ich wieder weinen von unten aber 'sist lauter und dann hör ich bruderstimme und er ist wach und er sagt mir was machst du denn

nichts sag ich

ich geh schnell zu leiter und geh runter und meine zwei nackten füße rutschen dann fuß berührt kühle von gestampftem lehmboden und unten mutter vater auf strohbett und licht von feuer was brennt und kerze aus schafstalg was kleine flamme hat

mutter sagt ellyn was zum teufel tust du denn

ich sag ich hab einen schrei gehört

dann tret ich nahe ans bett seh etwas in beuge von mutterarm

mutter sagt schau was in nacht gekommen ist

mutter schlägt wolldecke zurück sie zeigt mir was da ist und ich seh ein baby was zwei geballte fäuste hat ich seh ein baby was nabelschnur noch auf bauch hat was spalte zwischen den beinen hat

ich seh dich meine schwester

ich seh dich

ich schieb den riegel von der tür und zieh sie hinter mir und ich bin draußen in dunkelheit und auf meiner haut ist schmutzigweißes baumwollunterkleid und ich bin fußbar und meine sohlen ist kalt hier draußen und himmel fängt an zu sprechen ich kann vögel hören und sie reden immer in gleicher reihenfolge erster ist amsel zweiter ist rotkehlchen was aussieht als ob er blut auf der brust hat dritter ist kleiner zaunkönig vierter ist fasan was saudick ist aber laut ruft

sie sagen uns winter ist vorbei und 'sist april und 'sist alles wieder aufgewacht und 'sist alles grün

ich weiß wer 'sist der all die vögel gemacht hat und sie in derselben reihenfolge singen lässt 'sist er sagen sie alle 'sist er was all dies gemacht hat denn am anfang war nur weites leer und die dunkelheit über der tiefe dann hat er alles aufgeschnitten und er hat mond und sonne gemacht und er hat heiß und kalt gemacht nur hat er zu viel vom kalt gemacht und ich weiß nicht warum er das gemacht hat dann machte er den garten mit dem mann und der frau die aus der rippe vom mann geschnitzt war und dann machte er den apfel vergiss nicht apfel

stell dir mal vor all das in sieben tagen machen in einer woche 'swaren sehr geschäftige sieben tage für ihn ich wette der hat blasen an den fingern gehabt hinterher

Steh draußen vor plumpsklotür aber will nicht drinnen sein deswegen geh ich vorbei und heb schmutzigweißes unterkleid hoch und hock mich aufs gras und meine zwei beine halten mich leicht ich fühl wie heiße pisse aus mir rauskommt schau runter sehe meine spalte gespreizt und ich kann die kleine kapuze sehen und wie es raussprüht heißer dampf ich reiß gräser aus wisch mich trocken als ich fertig bin steh ich auf und dann denk ich an was in mutterbett war ich denk dran in wolle gewickelt

ich denk an dich meine neue schwester

und dann hab ich das gefühl 'sist was meine zwei beine kriegen 'sist als ob ein feuer in den knochen innen drinnen ist und ich kann nicht still bleiben und ich muss anfangen zu rennen also fang ich an über hausfeld in der stillen dunkelheit zu laufen ich spring über wassergraben ich renn über nächstes feld was das langfeld ist und ich geh durch heckenlücke und ich renn hügel hoch

beine tun es ganz leicht werden nicht mal langsamer als ich oben auf hügel bin werden nicht mal langsamer als ich eichenbaum erreich und ich stell einen fuß auf niedrigen zweig kletter hoch weg von erde richtung himmel kletter einen zweig dann 'n anderen dann stopfe ich schmutzigweißes unterkleid unter mich damit spalte nicht borke berührt dann setze ich mich rittlings und ich habe einen dicken ast zwischen zwei beinen

ich schau so weit ich sehen kann

himmel ist wolkenrot und sonne ist fast bereit geboren zu werden sonne schaut schon fast über ende der flachen erde ich schau in andere richtung und seh unsere sechs viertelmorgen land seh kuh auf hausfeld seh schaf auf langfeld seh bäume mit obst hinter haus seh meine ganze welt was gemacht ist aus bäumen tieren vögeln erde himmel kann form von haus sehen seh reetdach seh kamin und ich weiß was da in meinem haus ist da ist mutter da ist vater da ist bruder und jetzt bist du da

und ich wollte ein mädchen und ich hab um ein mädchen gebeten und mein herz war so groß wie hügel auf dem ich sitze und ich will nicht dass du angst hast denn ich bin deine schwester und so eine schwester hats noch nie gegeben so ein mädchen hats noch nie gegeben dass ihr körper hart und ihr geist noch härter

meine zwei beine haben muskeln und sind oben breit und ein bein streift übers andere bein und meine zwei beine stark wie bäume stark wie ein paar bullen und meine zwei beine können bis ans ende der welt laufen können weit genug laufen um von der flachen erde zu fallen

und meine zwei arme stark wie äste und sie stark genug ein baby zu halten

und sie stark genug dich zu halten

ich spring runter von eichenbaum lande mit zwei füßen auf erde dann krieg ich wieder brennen in knochen also zieh ich schmutzigweißes hoch fang an wieder bergab zu rennen durch heckenlücke durch schlamm was mit schafspuren durchzogen ist dann renn ich über flaches langfeld spring über wassergraben dann renn ich über hausfeld zurück zu haus

in haus mutter immer noch im bett und vater noch im bett und baby du hängst an titte

mutter sagt mir da bist du ja ellyn wo zur hölle warst du

draußen sag ich

so lang dauert pissen auch nicht sagt sie du musst die kuh melken

ich weiß

dann tus

ich komm näher um baby zu sehen jetzt ist es heller und kann haar sehen jetzt wo es trockener ist kann ich sehen es ist dasselbe rote haar wie ich wie mutter wie vater wie bruder wir alle dasselbe

ich sag kann ich sie halten

mutter sagt nein

ich sag warum nicht ich will sie halten

sie sagt du hast arbeit zu tun hast bäuche zu füllen

das musst du mir nicht jeden tag sagen sag ich

tu ich aber sagt sie und jetzt mit diesem baby hier haben wir noch einen verdammten bauch mehr zu füllen

ich streck hand aus berühr babyarm ich sag aber schau sie doch mal an

sie hat haut weiß und sie hat dasselbe haar wie ich und ich frag mich ob sie auch braune flecken auf der haut kriegen wird wie ich wie mutter aber mutter schiebt meine hand weg sagt dafür hast du keine zeit du musst weitermachen und dann mach ich das ich hol mir überkleid zieh es über schmutzigweißes ich nehm eimer und geh zu tür dann bleib ich stehn und schau zurück aber mutter guckt mich nicht an denn sie schaut runter auf baby in armen dann fängt sie an zu singen wie sie immer tut

es war ein bauernsohn
hüt' schafe auf der wies
und er zog los im mai
zu sehn was er sich schießt

Wenn sie singt tu ich fühlen wie meine beine was so stark sind milchweich werden ich bin in kuhstall und braune kuh stand warme flanke zu mir und ich zieh geschwollne zitzen und mach eimer weiß und während ich zieh red ich mit kuh und ich weiß sie hört zu denn sie spitzt immer ohren

ich erzähl kuh ich hab doch gesagt baby kommt und ich hab gesagt 'swird sicher ein mädchen wie du und wie ich

kuh sagt nichts sie hebt nur schwanz und scheiße fällt runter

danke sage ich das war schrecklich nett

mein arsch auf schemel und meine füße in scheiße und kuh kaut gras kann ihre zähne mahlen hören kann das geräusch von milch an seite von holzeimer hören kann da draußen vögel singen hören und ihre schnäbel gehen und klingt als würden sie miteinander quatschen

und meine hände gehen rauf und runter und so viel geräusche und ein takt und bekomm dieses gefühl und dann geht mein mund auf und ohne dass ichs weiß kommt was raus und ich tu es

es war ein bauernsohn
hüt' schafe auf der wies
und er zog los im mai
zu sehn was er sich schießt

hände gehen milch geht vögel gehen kuhzähne gehen alle geräusche gehen und ich lehn mich fest an fühle wärme flanke zieh an zitzen und mit milch kommen mehr wörter

und singen bläst den morgentau fort
den tau und den tau
bläst den morgentau fort
wie sanft die winde wehn

und dann tu ich aufhören

ich tu mich selbst fragen wer die ganzen wörter erfunden hat wer die wörter *sanfte winde* denn es gibt keinen wind was sanft ist denn wind hier unten geht gradewegs durch überkleid und gradewegs durch schmutzigweiße und er tut die haut beißen und niemand was dieses Lied erfunden hat ist nicht bei nachtdunkel aus dem bett aufgestanden und tat nicht auf schemel in einem fluss aus scheiße sitzen und zitzen von kuh ziehen um einen eimer weiß zu malen

in diesem lied ist mehr scheiße als in dieser kuh hier was ich grad melke

’S liegt nur vater auf strohbett denn mutter ist rausgegangen um sich zu waschen und die nachgeburt zu vergraben und ’sliegt vater auf strohbett und ich weiß was er da neben sich hat

deswegen stell ich schnell eimer auf lehmboden und geh schnell zu bett rüber um dich anzuschauen

du liegst da und du hast zwei hände hoch in der luft und deine augen sind zu und ich sehe rote wimpern auf wangen liegen und deine lippen sind vorgeschoben

ich sag kann ich sie hochnehmen und er sagt ja

also lege ich zwei hände unter und du bist ganz fest in wolldecke gewickelt und ich heb und du kommst hoch und deine augen gehn auf kleine blauschlitze und du schaust mich und du in meinen armen und ’sist als würde ich alles auf arm haben denn rest der welt verschwindet und ’sist nur noch du und nur noch ich

Vater spricht mit mir und seine stimme laut genug um blätter von bäumen zu schütteln und er sagt ellyn du hörst gar nicht zu und er sagt geh und hol mir was zum essen denn ich verhunger hier schon halb und du weißt ich kann nichts holen und sogar das baby ist gefüttert worden aber ich nicht

ich hab das baby auf arm sag ich

er sagt du ich seh schon dass du das baby auf arm hast aber hörst du nicht meinen bauch der bellt so laut 'sist wie eine kuh wenn ihr kalb weg ist willst du dir das anhören jetzt geh ellyn und hol mir was 'vor mein bauch sich selbst aufisst

vater zunge geht in seinem mund wie feuerbellen und er wird nicht die klappe halten bis seine fresse voll ist mit essen also geh ich rüber und ich hab dich immer noch auf arm und ich schnapp mir einen rest hartes brot und bring es ihm und er nimmt es dann sagt er ellyn setz dich zu mir und unterhalt dich mit mir

nein sag ich mutter wird es nicht gefallen wenn ich auf meinem arsch sitze

er klopft auf stroh und dann verändert sich seine stimme und er tut schreien ich hab dir gesagt du sollst dich hinsetzen und mir gesellschaft leisten

er schreit so laut dass ich dich auf arm anschaue aber du bist nicht mal zusammengezuckt bei seinem geschrei denn das hast du ja alles schon gehört als du in mutters bauch warst

setz dich hin tut er schreien

und ich weiß wenn er so laut schreit dann hab ich keine wahl also setz ich mich hin dann plötzlich seine stimme wieder normal als würde wind sich ändern und er sagt schon besser warum musst du so schreien frag ich

er lacht keine ahnung was du da redest ich schrei doch gar nicht

so isser halt

er liegt auf seinem strohbett und ich schau auf seine beine was so dünn sind wie reisig zum feuermachen denn sie ham sich nie bewegt seit dem tag letzten winter als er beim dachdecken von dach fiel und er muss gesehen haben wie ich seine beine anschau denn er sagt 'vor das passiert ist war ich der stärkste mann auf dem feld und ich konnte ein bündel heu über meinen kopf heben und es da den ganzen tag halten

er reißt brot ab dann macht er mund auf und sein mund ist loch wo alle schneidezähne weg sind denn er ist viele male gefallen seit dem tag letzten winter und er beißt ab und gleichzeitig kommt furz und er lächelt er sagt ich mach nur platz für das brot

und er isst mehr von brot und ich schau mich um um zu fühlen wie's ist den ganzen tag auf strohbett zu liegen und der zu sein was man mit baby alleine lässt damit er sich drum kümmert auch wenn er keine titten hat

neben dem bett stehen vögel die er aus schilfrohr und holzstücken macht und wenn sie alle gemacht sind werden sie auf dach gestellt neben den schornstein damit der teufel nicht runter in haus kriechen kann

ich sag vater kannst du mir auch so einen vogel machen damit dem teufel sein stinkendes ich nicht durch die fensterritze kriechen kann was ich da oben habe

ist er reingekommen fragt er

ich glaub noch nicht sag ich

er sagt na du sagst mir wenn der teufel dich holen will dann treib ich ihm einen stecken durch den leib wie willst du ihm denn einen stecken durch den leib treiben wenn du gar nicht laufen kannst frag ich

er schnaubt wie der stier wenn er kuh sieht er sagt zweifel nicht ich hab immer noch leben in mir immer noch kampfgeist in mir

er hält zwei fäuste hoch er sagt ich könnte jederzeit die sonne vom himmel schlagen

und dann hör ich mutterstimme

mutterstimme singt als sie von hinten ins haus kommt und wir können sie hören

erst als sie mich auf bett sitzen sieht und ich hab das baby auf arm hört sie auf mit singen und sie sagt was zur hölle sitzt du da rum ich hab dir doch gesagt du sollst die arbeiten machen was ich dir aufgetragen hab und du kannst das kleine ablegen denn wenn du sie zu viel im arm hast wird sie weich

ich sag aber schau ich hab meine arbeit gemacht der eimer is' dort und er is' randvoll mit milch

sie sagt gibt aber noch mehr arbeiten als das denn 'sist frühjahr und wir müssen sie jetzt machen sonst haben wir kein essen wenn winter kommt

dann schaut sie zu ihm zu vater und sie sagt und schau dich an wie du da in deiner ecke liegst als würden wir nichts zu tun haben

er sagt ich lieg in der ecke weil ich nicht rauskann aus dem scheißding und ich pass auf das kleine auf

sie sagt und ich muss wieder alles machen

er schreit glaubst du etwa ich will hier so liegen

nein

warum drückst du mir nicht einfach ein kissen aufs gesicht damit ich aufhör zu atmen

ach sei doch still du bist doch bloß ein haufen selbstmitleid es gibt so viel zu tun der boden pflügt sich nicht selbst die saat sät sich nicht selbst der schweinezaun baut sich nicht selbst frühjahr ist hier und die arbeit was er mitbringt nimmt kein ende

er schreit noch lauter also was meinst du was ich tun kann mit diesen beinen

nix schreit sie du kannst gar nix machen und ich blute immer noch weil ich sie grade auf die welt gebracht habe und du solltest aufhören mich so anzuschreien 'vor mir die ohren kaputtgehen verdammt noch mal

aber da schreien sie sich beide an denn sie können nicht reden ohne streit anzufangen und all ihre wörter sind feuerholz und ich in mitte und ich hab dich auf arm und ich denk mir feine art ein leben zu beginnen und dann geht tür auf und er steht da mein bruder

tomas so groß dass sein kopf nicht mehr weit entfernt von türrahmen und manche sagen wir sehen gleich aus wir beide haben rotes haar aber er hat kleinen roten bart wie vater und seine stimme so tief fühlt sich an als würden die balken wackeln und die klopfkäfer fallen raus und da ist noch was

seine laune ist wie sonne wenn sie voll brennt

tomas sieht mich mit baby auf arm und er macht einen schritt auf mich zu und ich leg baby schnell auf strohbett zu vater und ich renn zu hintertür aber er fängt mich und armzwickt mich und er hält haut fest und verdreht sie und ich trete ihn gegen schienbein wo haut nur dünnes pauspapier über knochen ist und leicht blaue flecken kriegt und er hört auf mit zwicken und ich lauf weg und stell mich hinter mutter wo sie sich auf stuhl gesetzt

lass mich in ruhe schrei ich

aber er tomas zu stark und er kriegt meinen arm und dreht ihn mir auf rücken

mutter schreit hör auf damit

vater schreit hör auf aber tomas hört nicht auf und vater kann nix tun und ich ball meine hand mach faust und schlag so hart zu wie kann aber es macht nichts könnt genauso gut faust aus schafwolle sein

tomas lacht er schiebt mich zu tür raus wo's regnet und ich schrei und vater schreit und mutter schreit aber gibt halt nix was man tun kann und baby mittendrin und ich bin verletzt und hab angst vor tomas und tomas knallt tür zu und ich bin draußen und regen fällt auf mich runter durch überkleid durch schmutzigweißes auf haut

wenigstens bekomm ich eine wäsche

'S ist abend und ein paar tage sind vergangen und aprilregen hat aufgehört und sonne ist rausgekommen und neues gras ist grün und tür ist offen und feuer brennt mit kleiner flamme vom kochen und ich steh neben holzkiste was mit stroh gefüllt ist und wo wolldecke drinliegt und du weißt was drin ist

du

und du wirst fett von tittenmilch und auf deinen armen ist falte zwischen handgelenk und ellbogen und deine augen sind blau

und jetzt hast du namen und du agnes

mutter steht am feuer und rührt in topf und dann dreht sie sich um und sieht wie ich dich anstarre und sie schreit mich an sie sagt ellyn und ich sag was und sie sagt hör auf so viel mit dem verdammten kind rumzutun

warum

ich hab dir doch gesagt das macht ihre knochen weich und dann ist sie ruiniert

sie ganz gesund

lass sie einfach in ruh sonst erwartet sie dass die ganze welt vor ihr auf die knie fällt

ich sag nix aber ich schau dich und du schaust mich und du lächelst mich und 'sist als könntest du sie hören essen auf tisch und wir haben uns hingesetzt und wir sind vier da ist ellyn da ist mutter da ist bruder tomas da ist vater der sich da gesetzt hat wo wir ihn aus strohbett gezogen haben und auf tisch steht vier holzteller und ein topf mit eintopf

nicht schon wieder eintopf sag ich

mutter hand schießt schnell vor schlägt auf meinen arm sie sagt du hast keine wahl weils nix andres gibt

wir könnten was schlachten sag ich

wir könnten dich schlachten sagt tomas

klappe sag ich

ich will eintopf sagt vater und er hält holzteller hin

mutter schöpft ihm auf gibt ihn zurück ellyn sagt sie gib mal deinen teller her ich tu was sie sagt und sie füllt ihn sie füllt eintopf auf alle teller

und dann macht vater mund auf und spricht und seine stimme isnich normale stimme sondern besondere stimme er sagt oh sonne und oh land und oh danke für das alles

und ich sag warum bedankst du dich nicht bei gott

er sagt gott warum soll ich ihm danken ich danke dem land was uns das hier gegeben hat

und dann essen wir alle und wir sagen kein wort und schreien auch nicht denn unsere bäuche brauchen nahrung und als wir alle fertig und letzter rest aufgegessen schaut mutter mich an und sie sagt du musst morgen zum markt gehen denn dies schaf is bereit und ich kann nich hin wegen agnes

du willst dass ich gehe sag ich

ja du

aber ich bin noch nie gewesen

dann spricht tomas er sagt wenn sie geht dann geh ich mit ihr ich sag 'sist schon in ordnung ich kann allein gehen und du hast sowieso zu tun hier

er sagt ich komm mit ich geh imma

mutter sagt aber du hast arbeit tomas und ich kann nicht alles tun weil ich hier mit diesem kleinen kind festsitz und mit deinem vater der ein großes kind ist

'sist nicht meine schuld dass ich so bin schreit vater

nie ist irgendwas deine schuld schreit mutter aber wer is denn die kaputte leiter hoch und ist gestürzt

jetzt fangt nich an euch anzuschreien sag ich aber nix kann sie mehr aufhalten dann tritt mich tomas bein unter dem tisch und es tut weh so dass ich die hand benutz zum zurückzschlagen aber meine faust prallt von seinem arm ab was hart ist wie torpfosten

er lacht er sagt du kannst nix wehtun

ich schlag fester zu aber meine faust weich und tut weh dann hört er auf zu lachen und er schlägt so schnell zu dass ich seine faust nicht sehe und er trifft meine nase und mutter sieht und sie schreit hör auf und vater schreit hör auf

mutter sagt in ordnung is ja sinnlos zu streiten ihr könnt beide zum markt gehen aber ihr müsst früh los damit ihr hin und zurück in einer sonne schafft

er tomas starrt mich mit grünen augen dieselben wie meine und er lächelt

’S ist genau in dem moment dass ich fühle wie mir was von nase fällt

ein blutfleck rot auf tisch er sickert langsam ins körnige holz

Wir gehen über hausfeld durch zauntor zu weg und sonne steht frühtief und ich halte schaf was lederriemen um hals hat und sie schreit nach den anderen schafen und wir sind auf weg und da wächst wildkerbel am rand und dies schaf rennt seite seite denn sie dumm sie flüchter und sonne auf uns aber gras und schlamm ist kalt unter füßen und ich falle zurück und dann ohne überlegen ohne wissen mein mund geht auf und es tut rauskommen

singen bläst den morgentau fort
wie sanft die winde wehn

nur mein singen lauter als ich dachte und er tomas dreht sich um er sagt halt die klappe und seine stimme scharf wie luft

und deshalb hör ich auf zu singen und ich geh den ganzen weg hinter ihm wie er von mir verlangt und am ende wo straße anfängt da steht steinhaus mit zwei kamin da ist mann und da ist frau draußen und ich weiß wer mann ist denn vater redet von ihm er sagt ist mann wer unseren beutel münzen nimmt und er nimmt sich was von jeder ernte was wir anbauen er sagt mann ist gieriger wichser und als ich vorbeigeh starre ich mann an sehe er hat kruste auf seinen wimpern an augen und 'sist schwer nicht hinzustarren und ich weiß nicht warum seine frau das nicht wegmacht ich weiß ich würd es tun und sie beide schauen mich an und schaf was blökt und versucht sich selbst umzubringen wo es hinzieht

mann sagt mir gehst du zu markt mit deinem bruder

versuchs grade sag ich

nur tomas schreit zurück zu mir komm ellyn beeil dich

ich muss weiter sag ich

und ich renn weiter mit schaf und wir biegen auf straße und wir folgen lehmstraße ist gerillt von rädern von karren und da ist scheiße von pferd scheiße von kuh scheiße von schaf und sie essen alle dasselbe gras nur scheiße von ihnen ist verschieden manche nass manche trocken manche hellgrün manche fast schwarz

baby agnes deine scheiße gelb weil alles was du isst tittenmilch ist und ich hab noch nie so viel scheiße gesehen wie auf diesem weg und sie quillt hoch zwischen meinen zehen

er hat auch diese ganze scheiße geschaffen in diesen sieben tagen stell dir vor du kannst machen was du willst und dann entscheidest du dich scheiße zu machen markt ist nur leute und da lärm rundherum als ob alle bienen gleichzeitig aus bienenkorb kommen und ich hab niemals so was nicht gesehen denn alles was ich zu hause höre ist vögel wind und mutter wenn sie singt

wir gehn durch leute und ich geh an einer frau vorbei was hühner unter arm hat und ich geh an einem mann vorbei der ein schwein hat und geh an einem mädchen vorbei die so viele eier hat sieht aus als hätte sie zwei herbste gelegt dann sieht tomas einen jungen er kennt der genauso groß ist wie er

junge ruft was hast du da tomas

tomas sagt 'sist ein schaf was wir verkaufen sollen

der junge sagt das hab ich nich gemeint das da hab ich gemeint

er zeigt mich und tomas sagt das meine schwester

junge lacht er sagt sie sieht mehr aus wie ein bruder

tomas lacht

junge sagt verkauf sie lieber nicht denn ich würd nicht viel zahlen

kann sie nicht abgeben sagt tomas

junge schaut mich von oben bis unten mit augen fühlt sich an als kann er unter haut schauen und er sagt sie sieht so sehr aus wie ein junge wetten sie hat nicht mal möpse wetten sie hat nicht mal rote haare da unten

jetzt lachen sie beide

tomas dreht sich zu mir sagt gib mir schaf und deswegen gebe ich ihm seil und dann sagt er na los verpiss dich

wo soll ich mich hin verpissen frag ich

mir egal such dir 'ne beschäftigung

die beiden starren ein mädchen an das genug haare auf dem kopf hat um ein kissen zu stopfen

er zischt mich wie viper er sagt na los geh
aber wo soll ich denn hin frag ich
mir egal sagt er dann dreht er sich weg sein rücken zu mir und ich steh da

ich heb schmutzigweißes an und schau runter
meine brust war flach wie hausfeld aber jetzt sehe ich da zwei kleine hügel
es hat angefangen

boden kalt unter meinen sohlen und bauch hat loch und ich nix zu essen denn tomas hat brot was mutter uns mitgegeben hat und lärm von markt hinter mir und ich ganz allein und wirklich nur ich und dann seh ich ein steingebäude und da großer turm da fenster was glas hat und ich weiß was dieses gebäude ist und draußen davor da gras und da steine was zeichen eingeschnitzt hat und ich weiß die steine stehen da um die leichen zu beschweren damit sie nicht aufstehen und ich geh los

ich geh zu ende gebäude und seh da pfad aus flachen steinen und ich geh zu holztür mit klinke aus eisen und ich heb ich dreh und tür knarrt auf

tür schließt hinter mir und drinnen ist dunkel da ist glas mit farben da sind holzbänke da ist decke so hoch wie eichenzweige ganz oben da ist tisch am anderen ende aber sieht nicht so aus als ob da jemand isst denn da ist kein teller und ich kann was riechen und 'sist fast wie ein schimmliger apfel was anfängt zu verfaulen und bodensteine sind kalt und luft ist kalt und ich weiß was es ist bin in einer kirche was ist eins von seinen häusern aber was ich nicht verstehe ist warum er so viele hat denn er kann ja nicht in allen wohnen

jetzt füße noch kälter also sitze ich auf holzbank und heb sohlen von kaltstein und dann hör ich einen ton und 'sist wie kein ton den ich jemals gehört habe 'sist wie singen 'sist ein hoher ton aber ich kann keine wörter nicht hören ist nicht wie mutter wenn sie singt denn das hier ein einziger langer ton wo alles in alles fließt dann tritt ein mann heraus vor tisch am ende und er trägt schwarzes kleid und sein mund offen und ich seh ton aus ihm rauskommen

er sieht mich und er hört auf er schaut mich mit meinem schmutzigweißen und meinem überkleid und meiner sackschürze und meinen bloßen füßen und meinen haarkletten und meinem hautdreck und er geht zu mir er geht bodensteine entlang er kommt nah ich seh er hat dunkle augen und nase scharf genug zum brotschneiden

er sagt wer bist du

ich bin ellyn sag ich

er schaut runter auf meine bloßen füße er sagt du hast keine schuhe an

ich hab keine sag ich

ich werde beten dass du welche bekommst und du kannst auch beten denn er hört denen zu die beten

oh sag ich wenn ich also ein gebet spreche werden sie an meine füße kommen

er starrt mich an ausdrucksloses gesicht er sagt seine wege sind nicht so gerade

ich sag das merk ich denn wenn sie es wären könnte ich um alles bitten was ich will und ich könnte essen kriegen und ich könnte neue kleider kriegen

er schüttelt kopf er sagt der schlüssel ist der glaube

was ist glaube

glaube ist wenn man glaubt dass etwas passieren wird

dann lächelt er er sagt was machst du hier

ich sag ich sitz mit meinem arsch auf dieser bank

er sagt es gibt wörter die darf man nicht sagen in gottes haus

was für wörter

ich werde jetzt nicht dein wort wiederholen

ich hab gesagt ich sitze auf meinem arsch

dieses wort

sitzen

nein

bank

nein

arsch

ja dieses wort sag nicht hier drin

weil es gott nicht gefällt

richtig das wort gefällt ihm nicht

in ordnung sag ich darf ich eine frage stellen

solange du dieses wort nicht mehr benutzt

werd ich nicht ich wollte fragen wie du diese sache gemacht hast die du vorhin gemacht hast

wie hab ich was gemacht

dieses singen

er lächelt er sagt ah das ist gottes werk

aber wie hast du das gemacht

ganz einfach ich mache meinen mund auf und er führt mich

wie macht er das

du musst dich einfach seiner liebe öffnen und dann fährt er in dich rein und erfüllt dich

und dann singt man

genau sagt er und dann singt man

dann macht er seinen mund auf und heraus kommt ein stück lied und ich tu sitzen und zuhören und dann auf einmal hört er auf er sagt gut jetzt wirds aber zeit dass du gehst und er tut mich zu holztür begleiten und macht sie auf und ich geh durch und dann steh ich draußen und er macht tür zu und ich bin allein mit meinem fühlen

ich hab so ein fühlen
so ein fühlen als ob sommer herbst winter auf einmal kommen
so ein fühlen als würd nichts niemals wieder dasselbe sein

Wir sitzen alle am tisch alle vier und da ist holzteller da ist brot da ist fett für zum draufschmieren und da ist eintopf immer eintopf und du agnes hockst nicht mit am tisch denn du isst immer noch milch und deswegen du in holzkiste was wiege ist und auf strohbett damit du von ratten weg bist

wir alle am tisch und vater macht mund auf und er spricht besondere stimme

oh sonne und oh land und oh danke für das alles

und dann greifen wir zu und essen und niemand sagt nix weil wir nur dran denken löcher in unseren bäuchen zu füllen und 'sist tomas der als erster fertig ist denn er isst schnell und er schaut auf zur tür er sagt oh schau mal was ist das und ich tu mich umschauen und 'vor ich weiß was passiert hat er das brot von meinem teller genommen und 'sist schon aufgegessen

lass das schrei ich und ich versuch ihn zu hauen aber er lacht er zuckt zurück dann macht er großen mund auf und er tut sache sagen die ich große angst vor gehabt habe

er tut sagen ich hab ellyn bei der kirche gefunden

mein blut wird eiskalt

mutter starrt mich an sie fragt warum warst du bei der kirche

sie ist vom markt davongelaufen sagt tomas

du hast mir gesagt ich soll wegrennen sag ich und wir wissen warum weil du warst mit deinem freund zusammen und ihr habt dies mädchen angeschaut

aber mutter interessiert sich nicht dafür was ich zu sagen habe sie sagt mir ich hab gefragt was hast du bei der kirche gemacht

da war musik

was für musik

stimmenmusik

stimmenmusik was'n das

singen sag ich

ich tu singen ich tu auch singen den ganzen tag jeden tag

ich weiß aber 'swar ein anderes singen

was für'n anderes singen

es war alles ein ton da waren keine wörter

alles singen hat wörter

nicht dieses singen es hatte keine wörter nicht das hatte nur töne

dann isses auch kein singen

doch isses sag ich 'sist singen und ich hab dieses fühlen gekriegt

was für ein fühlen

ich zuck mit den schultern ich sag nix denn ehrlich gesagt weiß ich nicht wie ich sagen kann was mir dieses fühlen gemacht hat

sie fängt an zu schreien sie sagt wir haben dir gesagt dass wir in keine kirche gehen denn diese männer in der kirche erzählen dir was du denken sollst und diese männer sagen dir was du tun sollst

dann schreit vater sie nehmen dein geld sie nehmen ein zehntel von deiner ernte sie wollen deine seele retten aber verlangen geld dafür und deswegen danken wir auch nicht gott für dieses verdammte essen

die ganze zeit die sie schreien kann ich fühlen wie tomas mich anschaut kann sehn wie sein gesicht grinst

als sie aufhören sag ich aber ich mochte das singen weil's mir ein fühlen gemacht hat als wär ich an der decke und würd runtergucken mutter schnaubt und schreit sie sagt an der decke an der verdammten decke

sie haut ihre hand auf tisch ihre stimme verändert sich und es kommt langsam sie sagt du gehst in keine kirche

stille

dann spricht tomas in die stille seine stimme ruhig wie wasser in graben er sagt ich hab ihr gesagt sie soll nicht in die kirche gehn aber sie tut ja nie hören

lügner schrei ich er hat gesagt ich soll abhauen aber er hat nie gesagt wohin und dann als er mich bei kirche fand hat er das hier gemacht

ich zieh ärmel von schmutzigweißem hoch um blaue flecken zu zeigen ich zieh ausschnitt von schmutzigweißem hoch um abdrücke zu zeigen wo er mir wehgetan hat nur mutter schaut nicht mal hin sie hebt hand and bewegt sich schnell und klatscht in mein gesicht

ich schau zu tomas seh seinen mund langsam lächeln und ich fühle wie es blutrot in mir hochkocht und wenn meine hand eine schaufel halten würde würd ich seinen roten kopf einschlagen

ich spring von tisch auf und renn zu wiege und schau dich an agnes

kann dich nicht richtig sehen denn tränen machen bild verschwommen aber du bist da und sogar in diesem ganzen geschrei schläfst du immer noch und diese roten wimpern auf wangen und als ich schau lächelst du im schlaf und ich denk bleib dort in schlafwelt agnes denn 'sist einfacher als wachsein

’S ist gleichertag und ’sist schon fast sonnenuntergang und ich steh auf hügelkuppe um letztlicht zu erwischen und ich lehn rücken an eichenrinde und kann unter meinen füßen kalte grashalme fühlen und sonne fällt aus dem himmel und himmel ist wolkenrot wie blutverschmiert und licht verschwindet schnell

jede nacht tut die sonne sterben und jeden morgen tut die sonne wieder geboren werden

ich blicke hoch an baum aber ich tu nicht klettern weil ich noch schmerzen hab von blauen fleck von da wo er tomas mich gefunden hat und himmel verändert sich die ganze zeit und ich beobachte wie sonne stirbt und fällt und himmel jetzt dunkel und farbe von blauem fleck und meine beine sind stark und sie wollen hügel runter und weg vom haus rennen aber wenn ich das tu werd ich ins dunkel treten und vom rand fallen denn die welt ist flach und welt ist dasselbe rund wie mühlstein und wenn du runterfällst fällst du für immer weiter

kann nachtvögel eule ziegenmelker hören kann fledermäuse sehn und wir sind hier auf diesem flachen land wegen irgendwas keine ahnung was und der himmel ist groß und aprildämmernd und ich mach augen zu leg kopf zurück und öffne mund ich mach ton und ’sist dieser eine einzige lange ton wo alles in alles zusammenfließt und keinen raum gibt keine stille und ’sist derselbe ton was ich in dem steinhaus gehört habe und ’sbin ich auf dem hügel am rand

und ’sist mein mund offen und aus mir kommt dasselbe singen wie bei mann

’S ist gleichertag und ich will dich zu mir ins bett nehmen aber ich hab ja keine tittenmilch für dich also muss ich dich unten in wiegenkiste lassen und deswegen geh ich barfuß holzstufen hoch in dunkelheit und leg mich auf heubett und blauer fleck auf arm tut weh und gesicht fühlt mutterhand und obwohl ich stark bin ich jetzt müde und schwergefühl in bett und ich tu wolldecke über mich kann durch steinritze einen stern sehen und ich tu ans singen denken

mein kopf juckt deswegen kratz ich rund um ohren denn dort leben die läuse gern und kann stimmen hören unten sie sitzen immer noch da unten wo feuer brennt kann sie reden hören und ich weiß sie reden über mich und wie ich in steinkirche gefunden wurde aber es gefiel mir da drin mit lied und apfelfaulgeruch und deckenfühlen aber ich bin jetzt nicht dort denn jetzt bin ich hier in meinem heubett ich trage mein schmutzigweißes ich mach meine augen zu leg hände auf brust was flach wie hausfeld war auf brust was flach wie mühlstein war auf brust was flach wie welt auf brust was nicht mehr flach jetzt weil es jetzt losgegangen ist und ich kann fühlen ’sist als würden da zwei kleine hügel auf mir wachsen

und du baby agnes bist unten in deiner holzkistenwiege

und deine brust ist so flach es ist schwer zu denken dass du dich auch verändern eines tages und du wirst werden wie ich und wie mutter und wie eine frau

jeden tag wird sonne geboren und stirbt und jede nacht wird mond geboren und stirbt und frühlingstage sind lang und april ist vorbei und ’sist mai jetzt und alle tage sind ein kampf mit unkraut und erste blätter sind reif zum essen und weizen wächst schön ich bei der kuh im stall ich zieh zitzen weiß und mach eimervoll und ich nehm eimer mit in haus und tu minzblätter rein damit ich sie nicht sauer mach und tu den holzdeckel drauf damit keine fliege reinfliegt und da ist eine schüssel auf tisch mit gärendem teig und es ist feuer im brotofen aber mutter ist nicht da und tomas ist nicht da und ich renn zu wiege und schau rein aber agnes du bist nicht da

ich sag zu vater wo ist sie

deine mutter hat sie

und in den moment kommt mir idee und ich nehme etwas brotkruste von regal aber ich esse nicht sondern stecke in tasche und dann schau ich zu offener tür und ich sag zu vater mit leichter stimme oh ich muss noch mal gehen und nach der kuh schauen

du hast doch grad nach ihr geschaut oder nicht

aber mir ist grad eingefallen dass sie noch immer angebunden

sieht dir nicht ähnlich

ich weiß sag ich

dann tu ich lächeln und er tut lächeln und dann bin ich weg und die tür geht hinter mir zu

ich lauf den ganzen weg über hausfeld über weg und biege auf straße und ich renne den ganzen weg zu markt dann raus bei anderer seite zu kirche

tür steht offen und ich geh rein und versteck mich hinten

und dann fängt es an

als singen zu ende kann ich mich nicht bewegen weil ich immer noch ton hör was von steinwänden zurückkommt

ich sitz warte bis alles weg

bin nah an stelle wo straße zu weg abbiegt runter nach hause und mein kopf versucht nicht an mutter zu denken die auf mich wartet und euterschwellen von kuh weil sie nicht gemolken wurde und ich versuche nicht an tomas fäuste zu denken und dann ohne es zu wissen geht mein mund auf und da kommt ton aus mir raus und 'sist dasselbe singen wie in kirche und ich geh langsam und schau hoch zu wolken und seh die welt gar nicht richtig weil ich wieder so ein fühlen kriege

ich bieg von straße auf weg ab und geh an ende von haus vorbei und das erste was ich weiß ist mann mit krustenaugen schreit ey du

und er tritt vor greift arm von mir und er sagt mir wer hat dir beigebracht das zu machen

was machen

dieses singen

ich schüttel meinen kopf hab nix falsches getan sag ich

hab ich auch nich gesagt sagt er

ich zieh meinen arm aus seinem griff und befrei mich ich muss gehn sag ich

und ich fang an zu rennen und ich kann ihn hören wie er schreit geh nicht weg komm zurück

aber das werd ich nicht machen und deshalb renn ich weiter und 'vor ich um kurve bieg schau ich zurück seh ihn da stehn und mich anstarren blaue flecken haben gesellschaft von anderen blauen flecken bekommen

Wir alle saßen tisch alle außer dir baby agnes denn du hast schon deine milch gegessen und du schläfst in wiege und du hast glück weil du keinen eintopf essen musst

vater spricht er sagt mit besonderer stimme oh sonne und oh land und oh danke für das alles

dann greifen wir alle zu und essen und als wir fertig sind schaut tomas mich an er lächelt und fängt an zu singen *du bist wund du hast schmerzen du bekommst prügel* und er tut es mit stimme was nachmachen soll wie ich singe

halt die klappe sag ich dann ich halt meinen teller hin und bitte mutter um mehr

du kriegst nix mehr sagt sie

bitte sag ich ich hab immer noch hunger

du hast genug gekriegt sagt sie

ich sag ich hab die ganze arbeit gemacht seit ich zurückgekommen bin ich hab kuh gemolken hab brot geknetet hab gegraben

sie starrt mich sie sagt wir verschwenden kein essen mehr an dich

sie füllt noch mehr eintopf auf teller für vater mehr auf teller für tomas mehr auf eigenen teller und ich schau auf meinen teller aber kein eintopf kommt und so sitz ich dabei und schau ihnen beim essen zu

tomas ist fertig und er schiebt teller weg er sagt ich bin so voll und während er das sagt schaut er mir genau in die augen und ich steh auf und sammel alle teller ein und räum tisch ab und dann geht mutter raus und als ich fertig bin mit abräumen geh ich rüber und schau in holzwiege

du weißt wer da drin liegt

'sbist du baby agnes und du bist in schlaf und du hast vorstehende oberlippe was eine saugblase hat und ich heb wolldecke an und seh dass du zwei füße hast die sich berühren und knie die rausstehen genauso wie froschbeine

ich deck dich zu und geh wieder raus wo das gemüse wächst und seh mutter dort mit hacke und ich tu sie ihr aus hand nehmen und ich tu eine breite furche machen und sie holt erbsen aus der tasche von überschürze und fängt an sie in furche zu stecken und dann geh ich hinter mutter und deck die erbsen zu und nach einer weile stell ich eine frage ich sag mutter warum ist so schlimm was ich getan hab

du weißt warum

weil die kirche einen zehnt verlangen wird und wenn wir den geben ham wir nicht mehr genug essen für uns

jap so ist das

aber ich bin nur hingegangen wegen dem fühlen um das singen zu hören

sie starrt mich sie sagt unsere welt ist keine wo man rumrennt und versucht ein fühlen zu kriegen

aber wenn ich was fühl dann fühl ich es sag ich und du weißt wie das ist

ich fühl nix sagt sie

glaub ich nich

wirklich nich

dann ist es dir egal wenn ich dich hasse

ganz egal

du fühlst wenn du baby agnes anschaust

ich hab keine zeit für fühlen

du fühlst wenn du singst

singen ist nur sowas was ich mache um zeit zu vertreiben

sie dreht sich um sie schaut mich sie sagt mit harter stimme es gibt nicht mehr als das was wir hier haben und red dir bloß nicht ein dasses noch was anderes gibt denn wir sind wer wir sind und das hier ist wasses ist

ich sag nix

und sie sagt du gehst mir nicht mehr aus dem haus außer wenn tomas dich begleitet

ich sag nix

ellyn hörst du was ich grad gesagt hab

ich hör schon

sie hält ihre hand hoch und sie sagt wenn du nicht das hier fühlen willst dann pflanz jetzt lieber die bohnen

ich nicke mit kopf sag ja ich machs ja schon

ich nicke mit kopf aber in mir sagt etwas anderes

in mir dieses neue fühlen
in mir etwas verändert

'S ist gleichenacht bin wach in dunkelheit in meinem bett aus heu und kann himmelnacht sehen durch steinritze kann einen stern sehen und erinner mich wie winter ist und wir wolle in ritze geschoben haben um frost aufzuhalten der sonst reinkommt um zimmer kalt weiß zu malen

ich tu in schmutzigweißem auf heu liegen aber in meinem kopf tu ich nachdenken wo ich heute war und was ich gehört hab

ich tu ans singen denken

dann hör ich klang von tomas füßen auf holzstufen ich hör singen *du bist wund du hast schmerzen du bekommst prügel* und will von bett springen über boden rennen wolle in seinen offenen mund stopfen

nur weiß ich was passieren würde wenn ich auch nur versuchen würde das zu tun und deswegen lass ich augen zu leg hände auf ohren lieg in schmutzigweißem auf heu

nacht wird kommen und schlaf wird kommen

und sie kommen auch

nächsten tag sonne stark geboren und wenn's ist tut meine haut brennen tun und sommersprossen tun rauskommen und ich versteck mich vor sonne und ich bin in kuhstall und hol mit der mistgabel scheiße von da wo immer die kuh steht wenn sie milch gibt und ich denk an scheiße

wir alle tun scheißen die kuh tuts das schwein tuts leute tuns und wir tun alle scheiße auf haufen zum verfaulen und wenn sie dann fertig ist landet sie auf boden für gemüse und dann essen wir das gemüse und dann tun wir das gemüse wieder ausscheißen und dann landet unsere scheiße wieder auf den haufen

alles wächst aus erde dann verfault es und geht zurück in erde und dann wächst wieder und selbst wenn wir sterben körper faulen wieder zurück und ernähren erde und es funktioniert alles wie eins wie wenn welt alles ein kreis

dann höre ich mutter laut schreien ellyn komma her

aber ich denk immer noch über welt nach und über scheiße und deswegen schreit sie noch mal ellyn komma her

ich schrei zurück ich räum grade kuhscheiße weg

sie schreit noch lauter komma her

und da stelle ich gabel ab und geh aus kuhstall dann seh ich zwei männer an haustür stehn und sie sind bei mutter und bei tomas und sie sieht mich rauskommen sie schreit ellyn komma endlich her

ich geh zu ihnen und ein mann tut sich umdrehen und ich seh 'sist augenkruste von wegesende und der andere mann ist angezogen wie krähe und ich seh diesen mann mit scharfer nase was war in kirche und zwei männer mustern mich von kopf bis fuß als wär ich kuh auf markt mutter sagt sehn sie sie ist ein mädchen sie sagt erzähls ihnen ellyn

was soll ich ihnen erzählen?

sag ihnen dass du ein mädchen bist

meine augen schauen auf den boden ja ich bin ein mädchen sag ich

aber du kannst singen sagt augenkruste

ich schüttel kopf aber mutter sagt dieser mann sagt er hat dich gehört er sagt du hast vor seinem haus gesungen und dieser mann er sagt du warst in seiner kirche

ich sag nix

schwarzkrähe sagt wir wollen dass du für uns singst

mutter schlägt mich auf den arm sie sagt na los sing für die männer

ich schüttel kopf

schwarzkrähe zieht aus tasche einen stoffbeutel er zieht eine münze heraus er sagt ihr kriegt das hier wenn sie singt

mutter streckt ihre dreckige handfläche hin aber schwarzkrähe hält münze fest er sagt du kannst sie nur haben wenn sie singt

mutter schaut mich sie sagt 'sist geld und wir brauchen geld um uns zu essen zu kaufen

ich sag in ordnung ich werd singen aber schaut nicht hin

ich dreh ihnen meinen rücken zu ich mach brust auf mach mund auf und das lied fängt an zu kommen was ich gehört hab und ich krieg wieder dieses fühlen und ich sing und als ich fertig bin hör ich auf ich dreh mich um zum schauen

erst stille dann sagt augenkruste seht ihr

schwarzkrähe sagt ja ich seh schon

münze wandert von handfläche zu schmutziger handfläche und mutter steckt sie in tasche von ihrem überkleid

dann sagt schwarzkrähe wie schade dass sie ein mädchen ist

augenkruste sagt ja das ist wahr

dann sagt schwarzkrähe zu mutter sie suchen jungen für die singschule

ich frag schnell was für singschule

aber niemand antwortet nix und 'sist als hätte ich nie gesprochen als wäre mein mund zungenleer und schwarzkrähe wendet sich an tomas er sagt du musst ihr bruder sein

stimmt

kannst du singen

natürlich

dann sing für uns

tomas pumpt brust auf macht mund auf und versucht nachzumachen was ich gemacht hab nur dass er sich nicht so anhört

schwarzkrähe wendet sich zu mutter er sagt ihr sohn könnte unterrichtet werden wenn er sich fürs singen interessiert

mutter sagt er kann nich weil er hier auf dem land gebraucht wird und sein vater kann nix machen wegen dem zustand seiner beine und tomas ist einziger sohn

na wenn du es dir anders überlegst sagt augenkruste dann kommst du zu mir

und sie wenden sich zum gehn und ich schaue ihnen nach wie sie über hausfeld gehn

schwarzbemantelte krähen alle beide

ich weiß was er gesagt hat

er hat gesagt wie schade dass sie ein mädchen ist

dann hat er gesagt tomas könnte üben und für die schule singen

ich brenne innen weil ichs bin die das kann weil ichs bin die singen kann

sie sind alle fort und ich geh rein und ich geh zu holzwiege und ich steh da und schau hinein und du weißt was ich anschau

dich

ich schau auf dein mädchengesicht und denke das ist die welt in die du geboren bist gleichertag und wir am tisch da ist brot heiß vom feuer und wir essen und ich sag nix und niemand sagt überhaupt nix

dann sagt mutter diese männer sind die ganzen jahre nie gekommen

dann sagt vater sie sind nie hier gewesen vor heute

mutter sagt 'swarst du ellyn du hast sie eingeladen

ich hab sie nie eingeladen sag ich

doch indem du laut gesungen hast sagt mutter

vater sagt sie werden geld wollen für die kirche

stimmt sagt mutter

ich sag nix aber ich tu mir denken einzige gelegenheit sie nicht streiten tun ist wenn sie beide denselben feind haben

dann seh ich tomas lächeln und ich sag ihm warum lächelst du

er sagt sie sind nicht gekommen um dich zu hören sie kommen um mich singen zu hören

ich starre ihn ich sag sie kommen nie um dich zu hören denn was du gemacht hast war kein singen

er sagt wenn das kein singen war warum sollten sie dann wollen dass ich auf singschule geh

ich sag sie wollen dich nur weil du schwanz hast statt spalte

er sagt kannix dafür dass dir was fehlt

ich sag kannix dafür dass du nicht singen kannst

er fußtritt mich hart gegen schienbein und er tritt mich mehr und ich halte mein brot in der einen hand und 'vor ichs weiß hab ichs auf ihn geworfen

wir schauen alle es an wir alle erschrocken

wir verschwenden niemals essen denn wir müssen erde pflügen müssen erde füttern mit scheiße müssen saat säen müssen vögel erschrecken müssen es ernten dreschen mahlen kneten gehenlassen backen mehr blaue flecken als bäume auf unseren sechs viertelmorgen land sind nächsten morgen ich aus bett 'vor sonne geboren ist und draußen auf hausfeld in dunkelheit von himmel und renn nich bin nich in stimmung zum rennen weil mir alles wehtut

ich hügel rauf und schau über flaches land zu ende von welt dann schau hoch zu himmel was jetzt schwarzblau und alle vögel fangen an zu reden in ihrer reihenfolge alle wie er befohlen hat

ich red zurück zu vögeln und es kommt raus wie singen und dann hör ich auf

ich denk dran was sie gesagt haben oh wie schade dass sie ein mädchen ist

und ich denk ja ich bin mädchen aber ich werd nicht weinen denn ich bin stark in arm und bein und ich bin stark in kopf und in dem moment fühl ich diese sache in mir die neue sache die sich ändert

'sist wie ein samen was gepflanzt worden ist

dann wird himmel rundherum heller und sterne werden stumm kann sehn anfang von sonne geboren und farbe verändert sich und kommt langsam rot und ich schau zu und dann kommt die sonne aus dem nix hoch auf die weltkante und ist neu geboren

jeden Tag melk ich kuh zwei mal und schaufel scheiße
und erledig arbeiten
und jeden tag tu ich dir zuschauen baby agnes und
ich tu dir den arsch mit moos abwischen
und jeden tag stirbt die sonne und wird wieder geboren
und frühling wird sommer
und in mir brennt feuer
und in mir wächst samen

tomas liegt in bett weil er krank ist und mutter hat ihm gänsefett auf seine brust gegeben und hat ihm tee aus kamille gekocht und ich hoff dass er augen schließt und nie wieder aufmacht

ich bin nicht drinnen denn ich bin draußen und ’sist früh und ich bin bei kuh and ich sing ein lied was mutter mir gelernt hat

sommer kommt herein
sing laut kuckuck
schaf blökt nach dem lamm
kuh muht nach dem kalb
ochse regt sich ziege furzt
sommer kommt herein

mutter kommt an kuhstalltür und verbietet mir singen und sie sagt ellyn du musst zum markt gehn und den hahn verkaufen

ich sag ich

ja denn tomas kann ja nicht gehn also wirst wohl du müssen aber diesmal gehst du mir nicht in die kirche

ich geh nicht in kirche sag ich ich bin brav gewesen und hab die ganzen arbeiten die ganzen aufgaben gemacht oder nich?

ja das stimmt du hast alles gemacht was ich dir angeschafft hab

und ich bin auch all die tage nicht weggelaufen

nein bist du auch nicht also geh und hol den hahn wenn du mit melken fertig bist

ich mach weiter mit melken und ich denk wieder nach und in mir wächst samen immer mehr und als in kuh keine milch mehr drin trag ich eimer in küche dann geh ich hinters haus und jage jungen hahn und halt ihm die flügel fest und bind ihm die beine zusammen und klemm ihn unterarm und ich geh zu haus und sag wiedersehn zu vater und dann sag ich wiedersehn zu mutter

und ich hab dich nicht vergessen

du in mutter armen und du lächelst mir und du tust zwei arme nach mir ausstrecken

aber ich sag ich muss gehen

und dann geh ich los mit hahn unterarm und geh über hausfeld mann mit augenkruste ist an weg und ich frag ihn wo sie ist die singschule und er schaut mir aber antwortet nicht

ich sag ist nicht für mich 'swar mein bruder der gefragt hat

er sagt oh verstehe und zeigt in andere richtung als markt und er sagt sie is genau neben der kathedrale

kathedrale sag ich

ja kathedrale sagt er sag deinem bruder sie ist in der stadt und man kann sie gar nicht verfehlen erstes was ich seh sind häuser alle zusammengesammelt in feldecke wie schafe und ich weiß dahinter ist irgendein großes gebäude ich sehe irgendwelche türme aber ich bin so beschäftigt leute anzustarren und karren und pferde und manche leute sitzen obendrauf auf den pferden und manche sitzen in karren und lassen sich ziehen und ein pferd hat ein netz unter dem schweif um scheiße aufzufangen und da sind ganz verschiedene leute und ich gehe auf platz zu markt und finde mann der mir eine münze für hahn gibt was ich in tasche von überkleid stecke und jetzt bins nur noch ich

da ist ein gang durch steinbogen und im stein drin ist ein sitz und eine frau was ihre titte draußen hat mit einem kleinen das ihr von der brustwarze hängt und sie hat die hand ausgestreckt für münzen aber ich hab nur meine eine und ich seh da den anderen bogengang wos rausgeht und ich geh raus und zuerst seh ich kurzes grünes gras und seh schafe die mit kopfunten grasen

'sist in dem moment dass ich meinen kopf heb und meine zwei augen heb

'sist in dem moment dass ich seh

Werd versuchen und dir sagen baby agnes wie ’swar
als ich erstes mal kathedrale gesehen hab
denn du musst wissen was da draußen in der welt ist
denn da ist mehr als bäume und vögel und kuh

Sie ist größer als alles was ich gesehn hab sie ist größer als hügel sie hat zwei türme ein kirchturm der hat gemeißelten stein vorne er hat zwei holztüren was so groß wie bäume sind

'sist schwer für augen zu wissen was sie sehn denn sie haben so was noch nie gesehn also schau ich runter auf meine eigenen hände denk mir wie ham sie alles mit diesen kleinen menschenhänden gemacht

ich schau wieder hoch und starre lange zeit dann steh ich auf geh näher ran dann geh ich rundrum schau es von allen seiten an wie als ob es ein tier wär das ich umkreise und dann geh ich zu den zwei holztüren

ich stoß eine tür auf

drinnen ists als wäre ich geschluckt worden von steinvieh 'sist als ob ich im bauch bin denn da sind steinrippen da sind glasfenster mit farben wie viehauge dann als ich hochschau seh ich decke ist selbe hoch wie himmel draußen und da bekomm ich ein fühlen als würd ich gleich fallen als würd ich von einem hohen baum runtergucken also setz ich arsch auf holz und meine augen ham zu viel zum sehn also mach ich sie zu und versuch die welt kleiner zu machen

aber als ich die augen aufmach 'sist immer noch alles da

als ich aus kathedralentüren komm seh ich mann von kirche in schwarzmantel ich frag ihn wo singschule ist und er starrt meine schürze mein schmutzigweißes meine dreck barfüße und er sagt gar nix er dreht sich nur um geht weg dann hör ich jemand lachen

da ist alter mann der mich anschaut er hat handfläche ausgestreckt

alter mann sagt mir dass pfarrer wichser ist der hat mir

noch nie was gegeben nicht einen dreckigen penny in all den jahren die ich hier steh und bettel

ich sag na ja ich bin auch nicht besser denn ich hab auch nix für dich

er mustert mich von kopf bis fuß und sagt na ja das riech ich zehn meilen gegen den wind dass du nix für mich hast

und wir lachen uns alle beide

dann sagt er was hast du von ihm wissen wollen

ich sag ich such die singschule

er sagt das sind auch alles geizkrägen in dieser singschule die nähen ihre geldbeutel zu wie eine frau die schon zehn bälger hat und keine mehr will und deswegen die beine nicht mehr breitmacht

er zeigt mit einem langen dreckfinger und er sagt geh hinten rum um die kathedrale da ist eine holztür da isses holztür in steinhaus was glasfenster hat mit rauten und metalllinien hierhin und dorthin und zwei große kamin

vor haus ist gras und unter einem fenster ist stelle mit nacktem lehm und ich frag mich warum aber dann tret ich drauf

'sist in dem moment dass ich weiß warum

klang kommt durch glas und 'sist singen wie ichs noch nie gehört hab

'sist glasvollkommen

das schreien nimmt kein ende 'sist mutter die schreit 'sist vater der schreit und 'sist tomas der schreit denn er ist nicht tot er ist aus bett aufgestanden

und du baby agnes schreist auch und du mund offen wie rotes loch

blaue flecken kommen

ich weiger mich was zu sagen wo ich gewesen bin und was ich gesehn hab und ich steig die leiter hoch mit ohne essen lege ich mich ins heubett

meine augen schließen sich und ich allein und alles tut weh aber ich hab mein schmutzigweißes an und es kommt immer noch licht durch ritze und ich schau raus zum himmel der sich verändert und in meinem kopf drinnen hab ich so viel gedanken sie sind wie vögel über feld bei ernte

jetzt weiß ich wie groß welt ist und ich weiß was in dieser welt ist

und du weißt was in mir drinnen ist

ein samen und sobald samen innen drinnen gibt es nix was man tun kann um ihn abzuhalten vom wachsen

aber dann hör ich etwas schritte 'sist tomas hochgekommen und ich mach schnell augen zu als ob ich schlaf und füße kommen näher kann fühlen wie er über mir steht kann jeden atemzug kommen hören und ich sag mirselbst sag nix lieg einfach bloß im bett wie tot und dann hör ich ihn zu seinem bett gehen hör ihn wie er sich hinlegt und hör geräusch von ihm hör wie sich sein atmen verändert und ich weiß nicht was es ist aber atmen wird lauter dann ist da ein geräusch dann hört es auf

ich melke kuh am morgen und mein kopf an flanke gedrückt und fühl mich als ob meine füße in erde gepflanzt sind und wurzeln unten was wachsen werden und dann werde ich für immer hier sein während ich melke kann ich hören wie kuhzähne mahlen und wie milch eimerwand trifft und draußen rufen vögel und meine hände gehen rauf runter und da sind töne und da kommt fühlen und mund geht auf und ich fang an zu singen und ich sing nicht mutter lied sondern ich singe wie ichs bei fenster gehört hab

und da krieg ich wieder ein fühlen
und ich weiß
samen innen drinnen ist gewachsen

gleiche nacht und ich hab nicht geschlafen und ich schau zu steinritze hinaus seh 'sist dunkelheit von stillem himmel und ich schieb wolldecke von mir und kriech zu oberster holzstufe und geh barfuß runter

und 'sist jetzt was schwer zu sagen ist

ich steh in dunklem zimmer wo mutter vater schlafen und ich weiß wer noch hier ist und 'sbist du baby agnes

ich steh ganz still und alles was ich tun will ist zu dir gehen dich aus holzwiege heben und dich halten und dich mein gesicht mit deinen fingern fühlen lassen und sogar zulassen dass du mein rotes haar ziehst nur wenn ich das mach dann wird nix passieren denn ich werd schwach sein und wenn ich schwach bin werd ich bei dir hier bleiben und hier sein jeden tag bis zu tag an dem ich sterbe

also geh ich nicht näher zu dir

ich lass dich warten

ich beweg mich barfuß durchs zimmer und mach tür auf halt den riegel mit fingern fest damit er kein geräusch nich macht und achte drauf mich nich umzuschaun

ich bin draußen ich bin mondbeleuchtet und ich krieche zu kuhstall wo kuh schwer steht denn sie ruht

ich fühle ihre warme seite und ich sprech sie und ich sag ist noch nicht zeit dich zu melken du musst noch warten bis die sonne geboren wird und ich schieb mich an ihr vorbei geh zu ecke wo ihr heu hinkommt und ich fühl runter ich fühl was 'sist was ich da versteckt hab

ich bin ganz nervös und herz schlägt heftig wie wenn flügel flattern innen drinnen und muss mich bremsen denn hand zittert wie ein baumblatt im wind

also mach ich augen zu atme ein bis herz langsamer wird

'sist das messer was ich als erstes raushol von wo ichs im heu versteckt hab

ich halt messer in hand dann benutz ich andere hand um mein haar zu packen und fest zu ziehen ich tu messerklinge ansetzen und fang an zu schneiden fang an zu sägen und obwohl es nicht wehtut und ich nix fühlen kann ist das geräusch so laut und klingt wie wenn ich was lebendiges schneiden würd und fühl mich als würd mein haar gleich bluten

ich schneide bis kann alles kurz fühlen mit hand

ich schneide bis kann kälte fühlen auf hals

und als getan leg ich messer aus der hand und zieh schmutzigweißes aus und jetzt stand ich im kuhstall mit ohne was an

'sist wie der tag an dem ich zum ersten mal geatmet hab

ich fühl wieder unten im heu und zieh altes gewand raus was ich dort versteckt hab und ich benutz messer um ein hemd in lange streifen zu reißen und ich wickel sie rum so dass brust die anfängt hügel zu machen wieder zu flach zurückgeht zu mühlstein zurückgeht zum flachsein wie die erde flach ist und ich stopf die enden drunter dann obendrüber zieh ich schmutzigweißes und zieh schmutzigweißes fest an die haut dann weiter mit hosen was zu groß für mich sind denn sie sind von tomas und ich stopf das schmutzigweiße rein so dass aussieht als wäre es ein hemd und dann weiter mit jacke was zu groß ist denn sie ist von tomas und ich schneide noch einen streifen von hemd benutz ihn wie gürtel um die hosen hochzuhalten dann stopf ich heu in stiefel und zieh sie an und da bin ich fertig

erstes frühes licht kommt in kuhstall und ich schau runter seh rotes haar in goldenem stroh

haar was dieselbe farbe wie dein haar baby agnes
aber ich kann mir nicht erlauben an dich zu denken

ich geh über hausfeld bleib stehen am trog und schau in schwarzes wasser seh mich selbst nach unten schauen und kenne dieses selbst nicht

'swird langsam hell denn sonne geht auf und wird geboren und jeden tag wird sonne geboren

heute werd ich geboren aber nicht als ellyn

heute werd ich als john geboren

an tür zu singschule ist eine glocke an seil und ich schau auf glocke aber aus angst tu ich nix

ich steh hier reib mir den kopf und ich fühl kurzes haar und 'sist wie wenn ich die kuh rückwärts streichel und fell falsche richtung geht

wenn ich nicht seil zieh und glocke läute wird nix passieren

kann kälte auf halshaut fühlen und luft ist nicht mal kalt denn sommer kommt näher und tage ist länger und ich sag mirselbst geist ist stark und ich muss seil greifen und glocke ziehen aber bevor ichs tu hör ich hinter mir eine stimme und sie sagt guten morgen und sie so tief dass es klingt als würde sie aus innerem von erde kommen und ich dreh mich um und da steht ein mann so groß so dünn er sieht aus wie ein schilfrohr sein hals so dünn sieht aus als könnte er leicht umgedreht werden wie bei huhn

kann ich dir helfen sagt er

ich such die singschule sag ich

er schaut mich an von oben bis unten und ich weiß dass oberteil von schmutzigweißem rausschaut und ich weiß dass stiefel zu groß für füße und ich weiß dass in jacke löcher und ich weiß haar ist grob geschnitten und ich weiß haut hat dreck

warum suchst du die singschule fragt er

weil ich singen will sag ich

du sagt er

ja ich

er schüttelt kopf er schiebt großen schlüssel in tür

warte sag ich

nur wartet er nicht er dreht schlüssel er fängt an die tür aufzumachen und ich weiß ich muss schnell was machen bevor er weg und deswegen mach ich mund auf und ich tu was ich gehört hab in kirche was ich augenkruste und schwarzkrähe vorgesungen hab

und als ich singen tu bleibt der mann ganz still stehen er steht mit rücken zu mir

ich hör auf zu singen und in dem moment dreht er sich um und er sagt mir wie heißt du

wie ich heiße

ja

john

john wie weiter

ich denke schnell nach und erste sache wo mir einfällt ist pitsch patsch pfütze nach regen

john pitcher sir sag ich

er seufzt dann schüttelt seinen kopf

komm mal lieber mit rein sagt er

tür knallt hinter uns zu und licht ist gestorben und kann nix sehn dann fängt langsam an zurückzukommen und umriss von ihm ist vor mir und er fängt an sich zu bewegen

ich hinterher und er biegt in flur und da sind paar türen offen und licht kommt rein und wir gehen an einer tür vorbei und ich seh raum mit tischen nur diese tische ist groß genug um zwei kühe hintereinander draufzulegen und stehen bänke auf beiden seiten

dann gehn wir zu nächster offener tür und dann ganz plötzlich er verschwunden in zimmer und ich hinterher

innenwände ist alle haben holz auf sich und da steht großer holztisch mit stuhl und da stehn mehr stühle in reihe vor wand und mann zeigt auf einen stuhl und sagt setz dich dahin und dann geht er weg

sobald er weg springt mein arsch hoch in luft und ich schau mich um schau die holzwände an und schau glasfenster an was rauten und metalllinien hierhin und dorthin hat dann schau ich auf tisch da liegt flaches pergament mit schwarzen zeichen drauf als wär ein vogel erst durch nassen schlamm dann quer drüber gelaufen

dann hör ich stimmen kommen also renn ich zu stuhl setz arsch hin schau runter auf füße was in tomas stiefeln ertrinken und in dem moment kommt großer dünner mann in zimmer und anderer mann kommt auch rein und er ist so klein wie anderer groß ist und er hat losen hals wie ein truthahn und er hat kein haar und die zwei sehen so komisch aus dass ich fast lache

großer mann sagt steh auf junge wenn wir reinkommen

und ich steh auf dann setzen sich männer also setz ich mich auch aber großer mann sagt bleib stehen und sing für uns junge was wollen sie dass ich sing frag ich

sing was du vor der tür gesungen hast

und ich tu den mund aufmachen und singen und als ich fertig bin sagen sie nix aber ich sehe wie sie sich anschaun dann steht kleiner mann auf geht zu fenster schaut durch glas dann dreht er um und schaut mich

er sagt wo hast du singen gelernt

ich habs in kirche bei markt gehört als mutter mich mit einem schaf geschickt hat

er sagt haben sie dich singen gelehrt

ich lächel nein mir hat noch nie jemand was gelernt

woher hast dus dann gelernt

ich habs einfach gehört und dann so gut nachgemacht wie ich konnte

ich seh wie sie sich wieder anschaun

großer mann sagt singst du zuhause

oh ja sag ich mutter ist immer am singen

singt sie für die kirche

ich lache nein sie sagt sie geht zu keiner kirche in die nähe denn die nehmen bloß dein geld weg und sagen einem was man denken soll

kleiner mann schüttelt kopf er sagt hast du irgendeine ausbildung gehabt

was ist das

kannst du lesen und schreiben bist du in die schule gegangen

nein

du kannst keine buchstaben lesen

kann ich nicht nein

verstehe und wo sind deine eltern

die sind zuhause auf unseren sechs viertelmorgen land

großer mann sagt wissen sie dass du hier bist

ja sag ich

und würden sie sich freuen wenn du hier zur schule gehen würdest

ja sag ich ich wär nicht hier wenn ich sie nich gefragt hätte

sie nicken beide und schauen sich wieder an und kleiner mann sagt eine weile nix nur fingerspitzen berühren sich dann spricht er

wenn wir dir hier einen platz anbieten würden müssten deine eltern kommen und die papiere unterschreiben und du müsstest unsere strengen regeln und vorschriften beachten

herz springt aber ich sag mirselbst still ellyn und still herz

verstehst du sagt er mir

ja sag ich aber ich versteh nix

großer mann sagt und wir werden ganz am anfang beginnen müssen du wirst furchtbar viel arbeiten müssen

ich arbeit viel sag ich ich arbeit zuhause die ganze zeit viel

großer mann sagt gut aber das hier ist anders du wirst deine ausbildung beginnen müssen und wir werden auch deine stimme ausbilden und dich lehren mit den anderen jungen zu singen

'sist genau das was ich will sag ich

kleiner mann sagt und wenn du dich uns anschließt wirst du bezahlt werden

ihr zahlt mir geld

ja geld aber dieses geld wird in deine weitere ausbildung gesteckt nachdem du für uns gesungen hast und du musst verstehen dass wenn du entscheidest dass du aufhören willst bei uns zu lernen dann kriegst du das geld nicht denn es hat uns etwas gekostet dich zu beherbergen und zu erziehen und im singen auszubilden verstehst du das

da sind so viele wörter aber ich hör wie er sagt aufhören zu lernen und deswegen sag ich ihm wenn ich hier herkommen kann und ihr mir lernt so zu singen wie ich das gehört hab als ich an fenster stand dann werd ich niemals aufhören

die zwei lächeln sich an dann sagt der große sei morgen um zehn uhr hier

dann sagt er und vergiss nicht dass du mit deinen eltern kommen musst ich bin vor kathedrale auf kurzem gras

ich weiß nicht was das ist zehn uhr aber ich weiß dass es morgen ist und ich weiß wenn ich heimgeh werden sie mich nie wieder rauslassen

aber du hörst hier zu

ich will nicht dass du glaubst ich hab nie an dich gedacht denn du bist immer in meinem kopf und du bist immer bei mir

und überhaupt weiß ich das hier

du meine schwester und du wirst sein wie ich mit rothaar charakter und starkem geist und körper und du wirst verstehen was ich fühl und was ich tun muss und wie mich nix aufhalten kann tag ist fast vorbei und sonne rutscht tief am himmel also geh ich platz zum schlafen suchen und am stadtrand seh ich hinterhof mit schweinen was eine scheune in ecke hat und ich kletter über geflochtenen holzzaun in garten dann kletter über nächsten geflochtenen holzzaun in scheune und ich geh mich in ecke setzen wo frisches heu liegt

ich atme geruch ein denn ’sist derselbe wie zuhause und ich schieb heu in bettform zusammen und steig rein und leg mich zurück und ich mach augen zu denn himmel wird dunkler

’swird kalt und ich allein aber ich sag mirselbst wenn heimgeh wird mein singen immer in meinem dunklen innen selbst bleiben

kann nachthimmel sehn kann sterne sehn und ich bin kühl in knochen also deck ich selbst mit heu zu und mein bauch leer aber schlaf tut kommen alle sterne kalte nacht

Sonne wird früh geboren und ich werd geweckt von lärm seh 'sist eine frau die mit eimer schweinefutter gekommen ist und sie füllt trog mit futter and dann geht sie weg

ich kriech aus scheune und kletter in hof und seh in trog liegt brotkanten und ich mach schritt vorwärts um ihn zu nehmen nur sau sieht es auch und sie schnappt ihn sich vor mir und sie fängt an zu rennen mit brot in maul und ich jage und sie quiekt und ich renn rum schwein rennt rum und scheiße auf mir scheiße auf schwein dann lässt schwein brot fallen und ich nehm brot und renn damit davon und jetzt jagt schwein mich und ich spring über zaun geh zurück in scheune und sau starrt mich mit kleinen augen in borstenrosa

ich schau runter seh brot hat blauen schimmel und ich brech stückchen ab und als ich ess schmeckt wie bierhefe aber es füllt loch in bauch und sau beobachtet mich und ich werfe schimmelstück rüber und sie frisst es und füllt eigenes loch

ich hol mir bündel heu und reib scheiße von tomas klamotten und klaube heu aus haar und streif heu von klamotten

ich kletter in garten finde wassertrog um gesicht zu waschen und neues haar neues selbst zu sehen

ich denk an tomas dort in rothaariger wut wie er kuh melken muss und ich lächel tür von singschule geht auf und ich sitz auf boden kaltarsch warten ich sitz hier schon lange und 'sist ein junge was tür aufmacht und er schaut mich runter

bist du john fragt er

ja sag ich

dann sollst du reinkommen

ich steh auf und folg ihm durch tür was laut hinter ihm zufällt und wir in dunkelheit wir gehn zu zimmer was offene tür hat und 'sist ein zimmer mit tischen lang genug dass man zwei kühe draufstellen kann und an einem tisch sitzen alle jungen und am andern alle männer und es gibt einen obertisch wo die zwei männer sitzen die ich schon gesehen hab einer groß einer klein

vor allen stehn teller mit essen und da steht mehr essen als ich je gesehen hab und ich tu an zuhauseeintopf denken und wie sein kann dass hier so viel aber dort nix

junge zeigt mir leeren bankplatz und ich tu mich hinsetzen und er tut sich neben mich setzen nur steht kein teller für mich da dann kommt eine frau was grünkleid trägt und sie ist so breit dass sie nur seitwärts zwischen wand und tisch durchpasst sie hat teller in hand und sie stellt für mich auf tisch und sie gibt mir metallbecher und ich schaue auf teller seh brot seh käse seh stück fisch

schau fisch sag ich

aber junge legt finger auf mund und pscht mich und alle starren mich

ich heb metallbecher um zu trinken und 'sist bier was so schwach wie wasser aus graben aber junge nimmt mir becher aus hand schnell stell wieder ab und ich weiß nicht warum hier dieses ganze essen und trinken steht aber keiner rührt es an

dann steht kleiner mann mit putenhals auf er geht

durch raum und alle still alle schauen zu er geht zu einem holzstand er schaut runter auf was und beginnt laut zu sprechen und wörter kommen aus seinem mund aber ich weiß nicht was er sagt und dann ganz plötzlich geht er von reden zu singen und seine stimme hoch

und dann krieg ich wieder dieses fühlen

als er fertig schließen alle die augen und sagen irgendwas dann geht er sich wieder hinsetzen und in dem moment flüstert mir junge zu jetzt kannst du essen

warum vorher nicht frag ich

pscht du musst flüstern denn das sind die regeln

ich flüster ihm also dürfen wir essen nachdem er gesungen hat

manchmal aber manchmal ist es wieder anders

woher wissen wir wann wir können

das wirst du schon noch lernen

was hat er gesungen

das war latein

wassis latein

er starrt mich er sagt du weißt nicht was latein ist

ich weiß gar nix flüster ich

er lacht na ja sagt er ich heiß william und der kleine mann der grade gelesen hat ist der meister und der große dünne mann ist sein assistent also das weißt du jetzt schon mal und latein ist eine andere sprache die wir benutzen

ich hab noch eine frage sag ich wann kann ich essen denn ich bin am verhungern

er schaut mich er sagt du kannst jetzt essen

ich nehm den fisch mit fingern hoch und er rutscht mir so schnell die kehle runter 'sist als wäre er noch lebendig und sie starren mich alle

ich sag was

william sagt hast du hunger
ja sag ich hab lange nichts mehr gegessen
william sagt tja das sehen wir

ich sag mirselbst dies ist lektion eins
ich sag mirselbst hier ist kein tomas der dein essen wegnimmt
und ich sag mirselbst iss langsam wie mensch tu nicht essen wie schwein

als wir mit essen fertig sind und frau in grünkleid fertig mit tellereinsammeln gehen alle jungen raus und william sagt mir er soll mich rumführen und mir alles zeigen

ich folge ihm hinaus auf dunklen flur runter zu zimmer am ende und er macht tür auf und drinnen sind holzwände und tische und bänke und drinnen sind alle jungs was mit uns gegessen haben und sie starren mich alle

william sagt das ist unser klassenzimmer

klassenzimmer sag ich was ist das

hier haben wir unseren unterricht

was ist unterricht

william lacht die anderen jungs lachen

william sagt wir lernen nicht nur singen wir lernen auch religionslehre wir lernen rhetorik wir lernen geschichte und wir lernen über unsere könige und unsere königin

keine ahnung was das alles ist sag ich

jungs lachen alle und jetzt stehen sie auf und sie kommen ganz nah und umringen mich und ein junge sagt wer bist du

'n anderer junge sagt ja was tust du eigentlich hier bauernjunge

'n anderer sagt schaut mal den ganzen schmutz auf seinen klamotten an er stinkt

dann sagen sie alle ja du stinkst

da schrei ich haltet die klappe und ich halte meine fäuste hoch bereit zuzuschlagen aber william greift meinen arm und sagt na komm und er zieht mich raus

und wir stehen wieder auf flur und er sagt kümmer dich nicht drum und er führt mich zu steintreppe was hochgeht und was um kurve geht und oben ist gleiche art flur wie unten und da sind türen und wir gehen die erste rein und 'sist ein großes zimmer

er sagt hier schlafen wir alle

da stehn zwei betten und sie sind nicht wie irgendwas was ich schon mal gesehn hätte sie haben beine und darunter ist es leer und sie haben holzrahmen außenrum und sie haben wolldecke und kann kein stroh sehn kann kein heu sehn

ich sag so ein bett hab ich noch nie gesehn

sehr witzig sagt william

ich schau mich um und seh großen schrank mit holztüren seh fenster hat glas und metalllinien was hierhin und dorthin gehen seh metallgriffe

ich hab noch nie in einem zimmer mit glas geschlafen sag ich

william starrt mich er sagt keine ahnung wo du herkommst du klingst als wärst du gerade aus einer hecke gekrochen

dann geht er zur tür er sagt wir müssen jetzt zurück ins klassenzimmer

Während ich hinter ihm kurvige stufen runtergehe
sag ich mirselbst lektion zwei
deine zunge zu locker du musst lernen den mund nicht aufzumachen und nicht zu sprechen

lektion drei

schweinescheiße tut stinken wenn man nicht dran gewöhnt ist

in klassenzimmer sitzen jungen auf bänken aber ich auf eigener denn sie setzen sich nicht neben mich wegen dem schweinegestank und sie reden alle selbst dann plötzlich werden alle still

assistent kommt rein

er geht vor klasse dann schaut er mich und er sagt john ich dachte du wolltest deine eltern mitbringen also wo sind sie

ich sag mutter sagt sie kann nicht kommen weil sie zitzen ziehen muss dann muss sie käse machen bevor milch schlecht wird

ein junge lacht dann fangen die anderen an zu lachen

hört auf schreit assistent

sie hören auf

assistent sagt jungs das ist john pitcher und bis er etwas gelernt hat und genug aufgenommen hat um zivilisiert zu sprechen wird er einer von euch chorknaben sein und ihr werdet dafür sorgen dass er sich hier willkommen fühlt stimmts

ja sir sagen sie alle wie mit einer stimme

gut sagt er dann sagt er gestattet mir junge gentlemen euch an unsere regeln zu erinnern damit john sie einmal hören kann und ihr könnt ihn alle anleiten und ich will euch ins gedächtnis rufen dass solomon sagt torheit steckt dem knaben im herzen aber die rute der zucht wird sie ferne von ihm treiben

er sagt wenn ihr uns gehorcht und unsere regeln befolgt und hart arbeitet dann werden wir euch allen eine ahnung von dem mann verschaffen der in euch wohnt

er holt tief luft dann sagt er

alle chorknaben sollen ehrerbietig gehen

alle chorknaben sollen ernsthaft gehen

alle chorknaben sollen den anstand wahren

alle chorknaben sollen an bescheidenheit glauben und hingabe üben

alle chorknaben sollen abstand nehmen vom fluchen

alle chorknaben sollen abstand nehmen vom urinieren und defäzieren im schlafzimmer

dann schaut er uns und er sagt stimmt ihr alle zu dass ihr euch an unsere regeln halten wollt und john helfen wollt

und sie sagen alle ja sir alle eine stimme

und ich sage ja sir obwohl ich nicht weiß was er da grade geredet hat nicht ein wort man gibt mir ein flaches stück holz mit griff und darauf ist ein papier was zeichen drauf hat und auf papier ist eine bedeckung was eine dünne schicht aus horn ist wo man durchschauen kann

ich schau es an ich frag wasses ist

william sagt das ist ein hornbuch und auf diese art lernst du lesen und schreiben

ich schau mich nach anderen um und seh sie alle ihre hornbücher hochhalten und sie anschauen und ich seh vor klasse eine große holzplatte und die hat ein pergament drauf und das hat auch zeichen drauf selbe wie zeichen auf meinem hornbuch selbe wie zeichen auf diesem pergament das ich gesehen hab auf dem tisch in meisterzimmer

assistent hat stock und er zeigt auf zeichen auf brett und jungs schauen auf ihre hornbücher und sie sprechen lautaus mit assistent und ihre münder öffnen und schließen sich und wörter kommen raus aber ich kenne nicht ein wort von dem was sie da sagen und ich dachte ich bin zum singen gekommen und jetzt bin ich hier mitten unter ihnen und weiß nicht was los ist und mein kopf weiß nicht was er tun soll

dann hört es auf

assistent schaut mich sieht mein gesicht

er kommt neben mich und zeigt auf die reihen von zeichen und er sagt das sind wörter

ich starre auf zeichen auf dem buch ich sage die sehen alle gleich aus

jungs lachen und assistent sagt ruhe dann deutet er auf zeichen er sagt schau sie sind alle verschieden und er zeigt mir dass einer wie ein stock ist nur mit einem fleck obendrauf und einer ist wie ein kreis was nicht ganz ein kreis ist und da ist noch mehr je mehr ich schau desto mehr seh ich dass sie alle verschieden sind aber dann schau ich wieder und sie sehen alle gleich aus

ich sag ich versteh kein wort von dem was sie da sagen

assistent sagt das ist weil der unterricht auf lateinisch ist

und lateinisch ist eine andere sprache sag ich

das stimmt ja

ich schaue auf bodenbretter was ganz abgewetzt sind von jahren wo füße auf ihnen gelaufen sind

ich sag ich muss also alle diese buchstaben lernen

ja

und ich muss all diese wörter lernen

ja

ich muss lernen wie sie geschrieben werden und wie man sie mit mund ausspricht

ja

und ich muss lateinisch lernen

ja

er sagt und dann können wir mit geschichte und rhetorik und religionslehre anfangen

Unterricht ist vorbei und mir klingelt der kopf und ich mach was man mir sagt was ist die steintreppe hochgehen mit frau in grünem kleid und ihr in zweibettzimmer folgen und ich kann sehn dass auf einem von den betten ein stapel stoff liegt

ich heiß katlyn sagt sie

ich nicke

sie sagt du heißt also john und du sollst einer von den chorknaben werden

ich nicke

hast du keine zunge fragt sie

ich mach mund auf zeig ihr dass ich zunge habe und sie sagt aha dassis gut denn wenn du keine zunge hast kannst du nicht mit ihnen singen und ich nehm an du kannst singen

ich kann singen sag ich

dann schaut sie mich genau an und sie sagt weißt du was du bist nich wie die ganzen andern

ich fühl eigenes herz schnell schlagen und sie starrt mich aber ich weiß nicht woher sie weiß wer ich wirklich bin vielleicht kann sie sehen dass ich keinen jungenkörper hab obwohl er stark ist oder vielleicht kann sie sehen dass mir zwei hügel auf der brust wachsen unter stoffbinden oder vielleicht hat sie gesehen dass ich spalte habe statt schwanz aber ich hab niemand gezeigt was ich zwischen meinen beinen habe

sie starrt mich immer noch dann spricht sie sie sagt ich merk dir an dass du nicht wie sie bist wegen deiner art zu reden du kommst von einem bauernhof stimmts

ich bin so erleichtert dass ich sie beinahe packen und im kreis tanzen möchte aber ich tus nicht ich sag nur ich tu wirklich von einem bauernhof kommen nur dass es kein richtiger bauernhof ist ’ssind grade mal sechs viertelmorgen

genauso wie ich sagt sie

oh sag ich

sie sagt ’sist nur schlimmer wenn du ein mädchen bist denn du musst in der küche arbeiten und milch aus der kuh holen was dich tritt und was scheißt wenn du grade deinen kopf da hast

oh echt sag ich als würde ich nicht wissen wie ’sist

sie sagt ja dann sagt sie gib bescheid wenn du irgendwas brauchst und du kannst mir bescheid geben wenn du mehr essen willst dann lächelt sie sie sagt hier muss man niemals hungern

ich sag kann ich dich was fragen

’türlich

ich muss das alles lernen was sie sagen aber ich kann keine buchstaben

ich kann auch keine buchstaben

sie sagen ich muss lesen lernen und schreiben und lateinisch machen

sie sagt du bist doch grad erst gekommen

aber ich hab nix verstanden von dem was sie gesagt haben

sie lächelt sie sagt du musst der sache ein bisschen zeit geben denn lernen geht nicht so schnell du kannst nicht von gar nix wissen plötzlich zu alles wissen kommen

dann geht sie rüber zu bett zu dem stoffstapel und sie sagt die hier musst du anziehen

sie nimmt ein blaues zusammengelegtes kleid und hält es hoch und sie sagt das hier trägst du wenn du singst dann nimmt sie weißes überkleid was kragen hat und sie sagt das hier trägst du obendrüber wenn du singst dann nimmt sie hose und hemd und mantel und sie sagt das hier trägst du wenn ihr alle im unterricht seid und wenn ihr draußen seid

sie legt sie alle wieder aufs bett

sie sagt aber bevor du sie anziehen kannst solltest du dich lieber waschen und saubermachen denn wenn du das nicht machst werden sie immer wissen woher du bist und jetzt musst du lernen ein gentleman zu sein latrinenraum hat steinboden und waschbecken und wassereimer und es gibt loch für scheiße und moos zum arschabwischen

frau katlyn sagt mir ich soll sachen ausziehen und vor die tür legen mich dann gut waschen und den dreck vom hals und überhaupt von mir runterkriegen und sie gibt mir einen lappen zum waschen dann geht sie weg ich zieh tomas jacke aus tomas hose und hemd und leg sie vor die tür und ich steh da in schmutzigweißem und zieh das nicht aus also mach ich lappen nass mit wasser und es gibt einen klumpen tierfett gemischt mit asche und ich reib es auf dem lappen um seife zu machen und ich setz mich auf steinboden was arsch kalt macht und ich fang bei füßen an was schwarze knöchel haben und ich schrubbe aber lappen ist schmutz bevor ich sauber bin also wasch ich lappen und fang wieder an

hab mich noch nie so gewaschen einziges mal dass ich so sauber war ist im sommer wenn ich in wassergraben steig um sonnenhitze zu entgehen und jetzt denk ich an wassergraben und an zuhause und dich in deiner holzwiege und mutter singend und während ich schrubbe kommt ein takt und kommt ein klang und dann ist mund offen und 'vor ichs weiß bin ich am singen

es war ein bauernsohn
hüt' schafe auf der wies
und er zog los im mai
zu sehn was er sich schießt

aber da kommt katlyn kopf um tür also mach ich mund wieder zu und tu die beine zusammen und zieh mein schmutzigweißes runter

sie sagt was singst du denn da

nix sag ich

sie starrt mich sie sagt du singst ein frauenlied

ich sag das hat meine mutter mir immer gesungen wenn wir auf dem hof gearbeitet

oh sagt sie und dann setzt sie ein breites lächeln auf sie sagt na ja gott sei dank bist du am richtigen ort denn du kannst verdammt gut singen

dann sagt sie schick dich und scheuer diesen schmutz von dir runter

dann ist sie weg und ich sag mirselbst lektion vier ist du hast nix gelernt du musst deine blöde klappe halten

William steht in tür von zweibettzimmer und starrt mich und ich trag hemd und hose und er wirkt erschrocken und sein mund ist offen dann sagt er du siehst aus als könntest du ein gentleman sein dann lacht er und er sagt du musst nur noch eine menge lernen denn jetzt hast du die falschen sachen an

er zeigt auf singsachen was immer noch auf bett liegen und er sagt du musst die da anziehen

ich sag warum

er sagt es ist zwecklos zu fragen warum wenn du hier bist musst du eben lernen zu tun was sie dir sagen

ich zeig auf blaues kleid ich sage das sieht aus wie mädchenkleider

er lacht mich er sagt du müsstest dir schon größere mühe geben um wie ein mädchen auszusehen

ich sag nix

er sagt du gewöhnst dich dran also ziehs einfach an

er macht tür von schrank auf und er holt ein blaues gewand für sich raus und er zieht seine hose aus und ich seh seine beine ich seh seine nackte haut und dann hört er auf er sieht mich gucken und er sagt warum schaust du mich an

ich schau schnell weg sag ich schau dich gar nicht an

zieh dich einfach um sagt er

ich hab also keine wahl muss es hier vor ihm machen also zieh ich schnell hemd aus und kleid über mein schmutzigweißes und damit er nicht so genau hinschaut red ich die ganze zeit und ich frag ihn woher er ist

aus der stadt sagt er mein vater hat ein gasthaus

was ist ein gasthaus frag ich

er lacht er sagt du weißt ja gar nix bist du denn nie mal rausgekommen ich bin einmal in die kirche gegangen und da hab ich das singen gehört und ich habs nachgemacht

er sagt aber wie weißt du dass du singen kannst wir haben alle jahrelang geübt

sie haben mich gehört und deswegen bin ich hier

william lacht er sagt na wir werden ja sehen ob du wirklich singen kannst

und dann sind wir beide fertig und er sagt gut dann gehen wir und er biegt ab und geht und bevor ich ihm folge schau ich an meinem neuen selbst runter seh john pitcher den chorknaben und einen augenblick tu ich denken was hab ich bloß gemacht aber jetzt zu spät und er ruft mich schon ich bin auf flur und wir alle hier alle wir jungs gleich gekleidet und warten in schlange dann geht tür auf und assistent steht da und er sagt ah john da bist du ja komm in mein zimmer

und ich tu nix weil ich mich noch nicht an neuen namen gewöhnt hab

john sagt er seine stimme lauter und in dem moment fällt mir wieder ein dass john ellyn ist und ellyn john ist und ich dreh mich um als wäre ich in tagtraum gewesen und ihn beim ersten mal nicht gehört und ich sag ja ich bin john

er schaut mich er schüttelt kopf als wär ich dumm und er sagt komm rein hier also verlasse ich die schlange und geh durch tür und innen drinnen sitzt meister an tisch und assistent setzt sich neben ihn und man sagt mir ich soll mich in zimmermitte stellen

meister sagt john pitcher wir haben über dich geredet denn deine lage ist nicht normal weißt du wir haben noch nie einen jungen bei uns gehabt der vollständiger analphabet ist deswegen liegt jetzt unsere herausforderung darin dass wir deine ausbildung ganz am anfang beginnen müssen aber die schwierigkeit ist die dass wir nicht zulassen können dass du uns alle ausbremst und so haben wir beschlossen dass du einzelnachhilfe bekommen sollst bis du lesen kannst dann wirst du in den unterricht eingeführt und im allgemeinen haben wir hier das gefühl dass du klug genug bist das zu schaffen denn du bist ja auch aus eigenem antrieb zu uns gekommen und es warst selbstverständlich auch du der die paar fragmente von dem lied gelernt hat als du vor der kirche gestanden bist und du bist hier wegen deiner anlagen nicht wegen dem was du jetzt weißt und wir haben darüber gesprochen und gehen mit dir ein wagnis ein aber in der zwischenzeit wirst du natürlich den musikunterricht besuchen und du wirst ausführliche übungen für deine stimme bekommen

ich schau ihn an sag ihm nicht dass ich keinen schimmer hab was er mir da gesagt hat

dann holt meister tief luft er sagt also ich glaube ich will sagen dass du dir keinen kopf zu machen brauchst und dass du schon aufholen wirst und es wird augenblicke geben wo dir alles ein rätsel ist und du kannst william als deinen freund betrachten denn er hat die aufgabe bekommen dir die einzelnachhilfe zu geben die du brauchst um mit dem lesen und schreiben zu beginnen und lass es uns wissen wenn du mühe hast und du kannst ihm jede frage stellen die du hast verstehst du

ich sag nix und assistent sagt verstehst du du sollst william fragen wenn du nicht weiterkommst

ich habs verstanden sag ich

meister sagt gut na es ist ja schon mal schön zu sehen dass du sauber und angezogen bist du siehst schon besser aus also spiel jetzt einfach die rolle und du wirst sie bald ausfüllen denn wenn man lang genug eine maske trägt hinterlässt sie spuren auf einem gesicht ja john arbeite hart und wenn gott es will dann wirst du eines tages seine krone der ewigen belohnung tragen

dann klatscht er in die hände er sagt raus mit dir

Schlange mit jungs ist ganz weg aber william wartet draußen auf mich er führt mich flur entlang zu ende wo bogentor ist was er aufmacht und wir gehen in einen anderen flur und da sind fenster alle eine seite und am ende ist gleiches bogentor nur größer und wir gehen durch und dann bleibt mir atem weg denn wir stehen im inneren von kathedrale unter decke von steinrippen und da ist farbglas und da ist feld von kaltem stein und ich bin klein

william wendet sich zu tisch und verbeugt sich und ich mach nach wie er mir sagt

er führt mich in mitte von kathedrale wo holzwände sind und sitzt und ich seh alle chorknaben und alle männer alle in ihren singsachen und da sind goldene stöcke und kerzen und wände sind ganz geschnitzt und wir stehen genau in mitte von kathedrale

wir gehn rein und stellen uns in mitte von reihe von jungs und ich tu mich umschauen und sehn und jeder holzstuhl hat geschnitzte gesichter manche mit zunge draußen manche grinsend manche mit efeu um kopf und manche mit hörnern

'sist 'ne andre welt

meister kommt rein mit assistent und sie tun sich auch verbeugen dann setzen sie sich vor holzständer und meister fängt an zu reden and alle jungs und männer senken köpfe

william stößt mich mit ellenbogen und ich senke kopf um genauso zu sein und wir nicken alle mit den köpfen wie die hennen wenn sie körner essen und meister spricht gebet dann ists vorbei

dann ist stille

aus stille beginnt dieser ton und 'sist eine stimme wie ein faden dann beginnt eine weitere stimme dann eine weitere und der klang baut sich auf bis alles über meinem kopf ist und von allen seiten zu mir zurückkommt

der klang kommt zurück von steinwänden und kommt zurück von decke und er geht runter durch mein weißes obergewand runter durch mein blaues runter durch mein schmutzigweißes runter durch meine haut und klang geht gradewegs runter in mein innerstes klang in meinem körper fühlt sich an wie wenn ich selbst instrument wäre

’S ist gleichertag und ich bin immer noch angefüllt mit fühlen von singen und ich bin immer noch mit kopf voll denken über was ich lernen muss und wie ich das alles aufholen soll

wir sind jetzt alle in hemd und hose in klassenzimmer und alle jungs reden miteinander und ich steh abseits dann seh ich neben feuer bücher stehen was zerrissen worden sind sehe einen stapel seiten was geknüllt worden ist um feuer anzumachen ich nehme ein buch in die hand mach es auf da sind seiten was farben haben was grüne farbe blätter haben und ich sehe auch gold und ich hab geistaufblitzen von meinem goldenen haar als ich es nacht abschnitt und ich halte das buch hoch und zeige william buch und ich sag warum zerreißen sie das

william sagt das sind falsche lehren

was falsche lehren frag ich

henry hat alles geändert

wer ist henry frag ich

wer ist henry wiederholt er dann dreht er sich zu den anderen jungs und sagt der weiß nicht mal wer henry ist

alle jungs lachen und ich lach auch aber mein lachen ist bloß ein nachmachen von sie

william sagt henry war der könig und er war der vater von unserer königin und er war der mit den sechs ehefrauen

sechs ehefrauen sag ich wie kann man sechs haben

er hatte sie ja nicht alle gleichzeitig sagt william

dann sagt ein kleiner junge namens jeb du weißt überhaupt nichts oder

hab ich euch doch schon gesagt sagt william

jeb sagt ich hab ihn in der kathedrale beobachtet und er hat nicht mal seinen mund aufgemacht ich sag dassis bloß weil ich diese lateinischen wörter nicht kenne

jeb sagt wetten er kann nicht mal singen ich wette wenn der singt wird er sich anhören wie eine kuh

dann fangen sie alle an geräusche von einer kuh nachzumachen

seid still schrei ich und sie sind tatsächlich still

und ich stehe neben totem kamin neben stapel zerrissenem papier und ich öffne mund und es kommt heraus und ich sing dasselbe was ich an der tür gesungen habe was ich im zimmer beim meister gesungen habe

ich singe

und als ich meinen mund wieder zumach halten sie alle die klappe die deppen

nicht einer sagt dass ich nicht singen kann

ich bekomme ein eigenes kleines zimmer mit william und er soll mir helfen und wir schauen das hornbuch an was ich in meiner hand halte und wir schauen buchstaben an und wir schauen wörter an

und ich starre es an und ich hab das gefühl ich werd es nie lernen aber er zeigt mir buchstaben und zeigt mir formen und ich beginne zu sehn dass sie nicht alle dieselben sind und er ist geduldig mit mir er macht ganz langsam und dann fang ich an wörter zu sehn und ich tu auch die lücken zwischen ihnen sehn

und william tut ein wort zeigen was immer wieder kommt und dann kann ich dieses wort zum ersten mal sehn und drauf zeigen

deus

und dann tut er ein bisschen weiterlesen und ich tu es hören als er es das nächste mal sagt

deus

und ich tu es aufgeschreibt sehen

und ich sag mirselbst du hast heute ein wort gefunden dann am nächsten tag wird ein anderes wort kommen und eines tages wirst du alle wörter kennen nach der ganzen schularbeit dürfen wir raus und 'sist das erste mal dass ich nicht hinter glas bin und wir auf gras neben kathedrale und es riecht nach sommer denn luft ist voll mit pollen und jungs sind wie kühe auf frühlingsgras

sie fangen ein spiel an bei dem sie sich laut etwas zurufen und aufeinander zu rennen und sich zu boden ringen und dann fühl ich etwas in meinen zwei beinen 'sist knochenfeuer und ich fang an um grasrand zu rennen dann renn ich gradwegs auf william zu und reiß ihn um

ich halt seinen rücken auf boden dann steh ich auf und renn auf großen zu reiß ihn um dann renn ich auf alle zu bis ich sie alle umgerissen hab und 'sist leicht denn sie sind nicht stark wie ich sie haben ihre jahre nicht mit arbeit auf hof und kämpfen mit tomas verbracht

jungs starren mich alle

du bist stark sagt william

ich weiß sag ich ich bin stärkster junge von allen

’Sist gleichertag ’sist spät und dieser tag ist der am meisten lange tag meines lebens gewesen und ich bin sogar mehr müde als nach einem erntetag

’sist so viel in meinem kopf dass er sich ganz voll anfühlt

ich folge william die stufen hoch und in das zimmer mit betten und da sind die anderen jungs da sind drei jungs in hinterstem bett und da ist jeb in nächstem bett und william gibt mir nachthemd er sagt ich muss mich ausziehen und es anziehen und ich fange an nachthemd über hemd zu ziehen das ich schon anhabe und er lacht und dann lachen alle und als ich schaue beobachten sie mich alle eine reihe von gesichtern die mir zuschauen und ich kann es nicht

dann sag ich oh ich muss noch mal schnell pinkeln gehen

und ich renn die steintreppe runter und ich trag nachthemd im arm und ich zieh schnell hemd aus und streife nachthemd über schmutzigweißes ich press ein paar tropfen pisse aus mir raus renn wieder hoch und william ist jetzt im nächsten bett mit jeb und er sagt mir du musst in unsere mitte john

jeb rückt in eine richtung und william rückt in die andere richtung und ich kletter drüber um in mitte zu kommen und dann tun sie alle lachen

william sagt nicht so deine füße müssen hierhin dein kopf dorthin kopf an fuß

ich dreh mich um und leg mich hin und meine füße liegen neben ihren köpfen und mein kopf am anderen ende und wir sind ein bettvoll und unter mir ists weich und auf mir drauf ist schwere wolle und ich fühl wie ich die zwei jungs berühr was ganz warm sind william spricht er sagt john wenn du in der nacht mal musst musst du den topf unterm bett benutzen aber pass auf dass du ordentlich zielst denn wenn sie spritzer sehen bekommen wir ärger

vergiss nicht kein urinieren sagt ein junge von hinterem bett

er kann den topf doch benutzen sagt wiliam

aber kein defäzieren sagt der andere junge

was tun diese wörter bedeuten frag ich

pipi machen und groß machen sagt jeb

oh sag ich warum habt ihr nicht gleich pissen und scheißen gesagt

william sagt wir können diese wörter nicht sagen weil sie nicht höflich sind

wassis höflich frag ich

ich hab dir gleich gesagt du weißt überhaupt nichts sagt william du weißt nicht mal dass manche wörter schlecht sind und manche gut sind

wörter sind wörter sag ich

aber du kannst nicht alle bei jeder gelegenheit benutzen sagt william

warum frag ich

geht halt nicht du musst vorsichtig sein denn manche wörter kannst du sagen wenn du bloß mit uns zusammen bist aber du kannst sie nicht sagen wenn du mit dem meister oder seinem assistenten zusammen bist

ich sag wie soll ich wissen was ich wo sagen kann

william sagt du musst gut zuhören was wir sagen du musst lernen

noch mehr lektionen sag ich so viele lektionen dass ich sie nie alle lernen kann

wirst du schon sagt william dann sagt er gut aber jetzt

sei still denn wir müssen schlafen denn bald müssen wir wieder aufstehen

bald sag ich wie kann das sein 'sist doch nacht

aber er sagt nichts mehr und sie werden alle ganz still und ich kann ihr atmen hören und sie schlafen

Schlaf kommt nicht zu mir
vor dem fenster steht ein dünner mond
ich mach augen zu
und wenn augen zu fang ich an an dich zu denken
an dich meine rothaarige schwester agnes baby agnes

und meine arme sehnen sich weil sie dich schon so lange nicht mehr halten dürfen aber ich weiß du wirst wissen warum ich das hier getan habe denn wenn ich es tun kann kannst du es auch was auch immer du tun willst und niemand wird dich aufhalten und sagen schade dass du ein mädchen bist

niemand

'S liegt eine hand auf meiner schulter und william flüstert ins ohr er sagt john john du musst aufstehen

ich heb michselbst aus dunkelheit und ich sag was ist denn los

er gibt mir blaues kleid und er sagt zieh das an

ich tus und dann weißes überkleid und dann muss ich pinkeln und ich bin letzte die zimmer verlässt aber william steht da und wartet mich

kommst du fragt er

ich folge ihm dann sag ich plötzlich oh ich muss pissen

er sagt du kannst unten gehen

ich sag muss aber jetzt gehen und bevor er ein wort sagen kann geh ich zurück in dunkles zimmer und schließe tür und such topf unterm bett und zieh ihn vorsichtig zur tür dann dreh ich meinen rücken zur tür so dass niemand reinkommen kann dann hebe ich chorhemd und kleid und heb schmutzigweißes dann pinkel aus meiner spalte schnell wie ich kann drücks heiß raus in den topf zu pisse von all den anderen jungs dann schieb ich topf vorsichtig zurück damit ich nichts verschütte dann mach ich tür auf fühle weg im dunkeln die steinstufen runter und ich streck hand aus berühr wand und 'sist kalt 'sist feucht und fühlt sich an wie wenn winter innerhalb von wand leben würde

william wartet mich mit kerze und hand um flamme gekrümmt damit sie nicht ausgeht und wir gehen über holzflur durch große holztür in anderen flur und schatten gehen mit uns

am ende flur ist holztür

die kathedrale dunkel aber in den holzständen alles beleuchtet von kerzen und 'sleuchtet und wir gehen über das steinfeld drauf zu und nehmen unsere holzsitze ein und vor allen sitzen sind kerzen in messinghaltern und in flammenlicht ist holz und blau und gold

der assistent kommt rein und legt ein buch aufs pult und fängt an zu lesen und ich kenn kein einziges wort dann hör ich es

deus

und ich merk ich tu doch ein wort kennen

dann tut sich assistentenstimme verändern und er liest immer noch laut nur 'sist jetzt was anderes und er singt langsam 'sist wie halb reden und halb singen

als er aufhört sind alle jungs und alle männer dran und jetzt singen sie und es ist muster in was sie singen und ich höre zu ich erkenne muster dann öffne ich mund und ich ahme nach ich sing auch und es geht immer weiter und weiter er singt dann singen wir

und dann sind wir fertig und ich steh im geflammten dunkel mit diesem fühlen

'sist das weswegen ich gekommen bin 'sist das was ich wollte

Wir frühstücken in zimmer mit tischen und ich auf bank neben william und jeb und da ist brot und da ist tiefer teller was haferflocken hat was weich gemacht worden sind durch milcheinweichen und ich tu butter auf brot dann leck ich messer sauber

ich frag william kann er mir marmelade geben

er starrt mich er sagt nix alle starren mich dann legt sich eine hand auf schulter und 'sist assistent und er zieht mich grob hoch bis ich steh dann zieht mich zu zimmerecke und er greift rute und er hält meinen einen arm er hält meine eine hand raus und vor jungs und männern schlägt er drauf und rutenschlag tut weh und es fühlt sich an wie wenn tomas mich schlägt und es fühlt sich an wie rotes blut von ärger und ich will ihm rute wegnehmen und sie an ihm benutzen nur dass ich gar nix tu denn ich weiß wenn ich das tu werd ich nie wieder in steinkirche singen

er sagt bis wir dem herrn für all das gedankt haben isst du nicht und am tisch sprichst du nur lateinisch

ich sag ich kann kein lateinisch

er sagt widersprich mir nicht

ich sag ich erklär doch nur warum ich es getan hab

dann schreit er ich hab gesagt widersprich nicht

er tut mich noch mal schlagen mit rute und er sagt wir erwarten diesen grad von disziplin von dir jeden tag und bis du lateinisch sprichst sagst du hier drinnen nichts

er schlägt noch einmal zu er sagt und steck dein messer nicht in den mund

er lässt arm los und er sagt iss nichts sondern geh ins klassenzimmer und setz dich da hin und denk darüber nach was du gemacht hast

ich geh raus an allen jungs vorbei und an meinem brot

und haferflocken vorbei und ich tu in die klasse gehen und ich sitze dort bei erloschenem feuer

ich seh mein hornbuch und ich tu es vorsichtig nehmen denn meine hand tut weh von rute und ich tu auf buchstaben schauen die drauf geschreibt sind und ich tu genau hingucken und jetzt tu ich sehn sie sind alle verschieden und ich berühr mit finger und fahr nach

ich schau auf seh glas von fenster seh draußen ist der himmel aber ich kann nur ein kleines blaues viereck sehen und zu hause kann ich einen ganzen himmel sehen

fühl mich als würde ich glas zerschmeißen wollen und gegen wände schlagen bis sie fallen und rausrennen und zu meiner alten welt zurückgehen wo ich alles wusste was es zu wissen gab und niemand meine hand mit rute schlagen darf weil ich messer in mund stecke

und du weißt was noch in meiner alten welt

du

aber ich sage mirselbst ich kann nicht weglaufen denn ich bin hier um zu lernen und ich denk an das was wir in kathedrale gemacht haben und ich fang an wörter die ich noch weiß zu kopieren und dann sing ich und als ich fertig bin schau ich hoch seh assistent dort an tür stehen

er sagt wir warten immer noch dass deine eltern kommen und deine papiere unterschreiben

dann passiert was ich sag wahrheit ich sag ihm meine mutter und mein vater sie können nicht schreiben und sie können nicht lesen deswegen können sie auch nicht unterschreiben

das ist kein hindernis sagt er sie könnten auch ihre daumenabdrücke auf die papiere setzen

ich sag mein vater kann nicht gehen weil seine beine kaputt sind dann wird deine mutter kommen müssen

sie kann nicht land allein lassen und vater allein lassen

er nickt er sagt hast du geschwister

ich hab bruder

gut sagt er dann kann er zu hause bleiben und deine mutter kann kommen verstehst du du musst begreifen dass du nur bleiben kannst wenn sie die papiere unterschreibt

dann lächelt er er sagt ich weiß es wird hart für dich werden hier

ich sag ich glaube nicht dass ich das jemals alles lernen kann

er geht rüber zu fenster er schaut zu glas raus dann dreht er sich um und er sagt es ist wichtig dass du nicht auf das schaust was du jeden tag lernst sondern dass du auf das schaust was du jeden monat gelernt hast denn lernen ist keine schnelle sache lernen braucht zeit und es braucht geduld aber du bist noch jung und dein geist ist noch formbar und ungebildet

er kommt sich neben mich auf bank setzen und nimmt mein hornbuch er hält es sein finger beginnt buchstaben nachzufahren er liest mir laut vor sein finger fährt all die wörter nach als er sie spricht

er sagt wenn du das jeden tag machst wird dein gehirn anfangen die wörter wiederzuerkennen und wenn du lesen kannst wirst du eine tür in deinem inneren aufmachen und du wirst sehen wie ein schöner satz dir tränen in die augen treiben kann und wenn du lernst wirst du die vollkommenheit einer mathematischen gleichung erkennen und du wirst verstehen dass bildung ein geschenk ist

er lächelt und er sagt es wird eine menge arbeit aber ich glaube sie wird sich lohnen dann sagt er weißt du wir wollen wirklich dass du bleibst denn du hast eine sehr exquisite stimme

er legt eine silbermünze auf meine handfläche er sagt nimm diese münze und gib sie deiner mutter und bring sie her damit sie deine papiere unterschreibt

und dann ist er weg

eine exquisite stimme hat er gesagt du hast eine exquisite stimme ich mach holzschrank auf um tomas klamotten anzuziehen um heimzugehen aber da liegt nix auf regalen und ich starre auf leere als katlyn reinkommt

sie schaut mich sie sagt was suchst du schätzchen

ich sag meine klamotten mit was ich gekommen bin

sie lächelt mich sie sagt die kannst du jetzt nicht mehr tragen jetzt bist du gentleman wette du hättest nie gedacht dass das mal passieren würde

aber wo sind sie hin

ich hab sie weggeschmissen

aber das waren nicht meine

aber schau du hast doch neue kleidung jetzt und überhaupt warum willst du die die waren doch voller scheiße und risse

ich wollte sie zurückgeben sag ich

wem wolltest du sie geben armer kerl

meinem bruder weil ich nach hause muss um mutter zu holen damit sie papier für mich unterschreibt dass ich hier bleiben kann

du gehst nach hause sagt sie

jupp

sie wirft blick zu tür sie geht sicher dass niemand reinkommt dann sagt sie ich hab was für dich und sie zieht zwei haferkekse aus ihrer tasche

sie sagt du bist ein junge im wachstum und du brauchst essen und ich brauch die hier nicht denn ich hab die schon den ganzen tag gegessen und hab so viele unter meinem kissen versteckt dass ich mir schon den hals verlegen habe

ich tu sie in tasche mit silbermünze was ich gerieben hab bis sie glänzt wie ein vollmond

wohin musst du denn fragt sie

ich deute ich sag da lang dann frag ich wo bist du her

genau die andere richtung sagt sie oben auf hügeln aber ich bin schon so lange hier dass ich kaum noch weiß wie es ist da oben zu wohnen

und dann dreht sie sich um und geht weg und während sie geht hör ich dass sie ganz leise singt und ’sist ein lied was meine mutter auch immer gesungen hat

es war eine magd aus meinem land
die ging vorüber an einem baum
so voller blüten man konnt’ sie kaum zählen
sie staunt’ einen so grünen baum zu sehn

ich bin draußen und ich bin in neuen stiefeln und hose und hemd und sonne scheint warm auf haut und ich gehe um vorderseite von kathedrale und durch steintor über marktplatz dann straße entlang bis ende häuser und anfang heimweg

es ist ein großer himmel und es ist kein glas zwischen mir und welt

ich fühl feuer tief in beinen brennen deswegen fang ich an zu rennen und fühl als könnt ich ganz bis an den rand der welt laufen nur werd ich das nicht tun denn wenn ich in schwarzes jenseits fall dann werd ich nie richtig singen lernen und überhaupt wenn ich singen tu dann würde mich ja keine sau jemals hören

und du weißt warum ich noch renn

ich renn zurück zu dir

'S erste was ich tu ist hintenrum schleichen wo gemüse in erde wächst und dort seh ich mutter mit gebeugtem rücken

ich bleib stehen ich sag nix ich beobachte sie

sie jätet unkraut und dann fängt sie an zu singen und 'sist anders als singen in steinkathedrale denn hier berührt der klang keine wände 'sist einfach in luft und stimme ist mutterstimme was ich immer gekannt hab und wörter von lied sind alte wörter was ich kenne

da ist nur mutter und erde und bäume und vögel und ich denk an vorderseite von kathedrale und die decke im inneren und den klang und das singen in der nacht und ich denk an die schule und das hornbuch und die buchstaben und wörter und wer henry ist und wer diese frauen sind und was für geschichten in der bibel sind und was diese ganzen wörter auf lateinisch heißen

und ich sehe nix davon ist hier und ich dachte 'swär die ganze welt

ich dreh mich weg und lass sie dort singen mit ihren händen in erde und ich geh zu hintertür von haus und trete ein

feuer ist erloschen und vater liegt auf strohbett mit geschlossenen augen und händen auf brust und seinen nichtbewegenden beinen und ich seh holzwiege steht auch auf bett und ich seh kleine hände die darüber winken und ich schleich leise zu bett und bleib stehen

da bist du

du siehst mich nicht gleich weil du deine eigenen hände betrachtest aber dann plötzlich siehst du mich und dein gesicht verändert sich und wird hell wie kerzenflamme

ich streck hände aus um dich rauszunehmen und vater

augen gehen auf und er tut rufen wer bist du was machst du

ich bins ellyn sag ich

er zieht sich selbst hoch bis er sitzt er starrt er sagt was zur hölle hast du mit dir gemacht

ich hab nur haare abgeschnitten sag ich

bevor ich noch ein wort sagen kann kommt mutter in zimmer von hinten und sie hat handvoll karotten und sie starrt mich einfach nur

ich bins sag ich ich bins ellyn

sie lässt karotten auf tisch fallen sie hebt hand sie kommt auf mich zu ich renn hinter tisch sie schreit komm her und sie jagt ich renn dann bleiben wir stehen und jede von uns eine seite von tisch

wo bist du gewesen sagt sie

ich bin weggerannt zu singschule

aber du bist ein mädchen

sie glauben ich bin ein junge

du kannst nicht davonrennen du hast nie was gesagt

aber wenn ich gesagt hätte ich geh würdest du mich aufhalten

da kannste aber gift drauf nehmen

wir dachten du wärst tot sagt vater

ich bin nicht tot sag ich

na das sehen wir sagt er denn du rennst ja um den tisch

mutter starrt mich sie sagt keine ahnung für wen du dich hältst du glaubst auch du kannst einfach weggehen hier

in dem moment geht tür auf in dem moment kommt tomas rein von feld und er starrt mich und dann schreit er wo sind meine klamotten verdammt noch mal dann schreit er ich musste deine ganze scheißarbeit machen dann springt er auf mich zu und ich renn weg aber er ist schneller und seine faust kommt zu mir und trifft mich nur dass ich diesmal feuer im inneren fühle was blut macht was augen füllt aber ich bin stark in geist und körper ich tu zurückschlagen und ich weiß dass ich ihm wehgetan hab auch wenn er es nicht zugibt also haut er mich zurück und wir fallen gegen tisch und auf boden und mutter schreit uns

du wirst sie umbringen sagt sie

ich schrei wenn er mich umbringt kann ich dir das geld nicht geben

was für geld fragt sie

vom singen sag ich

und dann verändert sich alles im zimmer und mutter stellt sich zwischen ihn und mich und sie hält tomas auf und dann steh ich auf und ich zieh münze aus tasche und ich geb sie und mutter schaut auf die münze sie hält münze hoch und tomas sieht die silberne kerze

gehst du auf die singschule fragt tomas

jupp

du kannst da nicht hin du hast ja nicht mal einen schwanz

mutter hält münze hoch sie sagt egal schau dir das an sie wird geld kriegen

und in dem moment schau ich mich um seh lehmboden seh schmutz auf ihnen allen seh vater im bett seh dich baby agnes in holzkiste mit dreck auf deiner haut und scheißfleck auf deinen beinen und ich seh das alles mit diesen neuen augen denn 'sist als wäre mir ein schleier von meinen eigenen augen gehoben worden

ich denk dran wie es tische gibt was größer sind als dieses zimmer und ich denk an all das essen und die holzwände und die bücher und es ist nicht richtig dass wir garnix haben und sie haben alles

ich sag zu mutter ich kann dir mehr münzen besorgen aber du musst mit mir kommen und daumenabdruck auf papier machen

ich geh auch mit sagt tomas ich werd ihnen sagen dass du ein mädchen bist

du gehst nicht sagt mutter du wirst schön hier bleiben

und ob ich geh sagt er ich werd ihnen sagen dass sie mich nehmen müssen einen richtigen jungen

mutter sagt du weißt wir haben keine wahl mit deinem vater wie er ist und sie wird geld bringen

ich bin nutzlos sagt vater

nein sag ich zu ihm sag das nicht

mutter sagt zu tomas du musst hier bleiben und flechtzaun reparieren damit die schweine drinnen bleiben und du musst kuh melken

ich muss gar nix sagt tomas

in dem moment schreit vater er sagt hör mal du machst hier arbeit weil wir geld brauchen also geht sie und verdient geld und du kannst verdammt noch mal hier bleiben und dich um mich und agnes kümmern

und damit war die sache erledigt und alles gesagt

jetzt muss ich auf wiedersehen sagen

ich halte dich agnes und deine arme fest um meinen hals als würdest du wissen dass ich gehe und ich löse deine finger einen nach dem anderen und geb dich deinem vater

du schaust mich an und ich dreh mich schnell weg ich schau nicht zurück denn wenn ich zurückschau dann bleib ich am ende noch hier

ich verlass dich nicht

ich komm zurück zu dir baby agnes

Wir gehen den weg entlang was ist voll mit margeriten und baldrian und überall sind vögel und sie singen und ich höre und ihr singen berührt mich und wir sagen nicht ein wort zueinander mutter und ich wir gehen einfach nur

am ende neben haus mit steinschornstein biegen wir auf straße und wir gehen nebeneinander

dann nach weile sagt mutter sie will meine lederstiefel probieren also setz ich mich auf rand zieh sie aus und zieh wollsocken aus so dass meine füße nackt sind dann zieht mutter socken an dann stiefel und sie geht in kreis nur dass sie füße ganz hoch hebt als wäre sie ein pferd und ich kann nicht anders ich muss lachen und sie schaut mich kalt sie sagt lachst du mich aus

nur weil du komisch aussiehst

sie zieht stiefel aus tritt dagegen dass sie die straße runterfliegen sie sagt du kommst hier zurück als würdest du glauben du bist besser als wir

das stimmt nicht

du läufst davon obwohl es arbeit zu tun gab und was meinst du wer die tun musste

ich wusste dass ich geld für dich besorgen konnte

geld

ja geld

dann geht mein mund auf und wahrheit kommt raus ich sag ich hab es nie nur wegen geld gemacht

warum dann

ich habs gemacht weil es mehr auf dieser welt gibt als bloß das hier

gibt es aber nicht

gibt es schon ich habs gesehn

meinst du du bist besser als ich

das hab ich nie gesagt ich hab bloß gesagt dass es mehr auf dieser welt gibt als das hier

bevor ich weiß wie mir geschieht gibt sie mir ohrfeige und ich lege hand auf gesicht aber es hört nicht auf es tut weh und nicht nur gesicht wehtun sondern etwas in mir tut weh

wir sagen nichts stehen einfach nur da dann sagt sie die sache ist die ellyn du meinst du kannst frei sein felder zu verlassen und frei zu tun was du willst und fühlen was du willst und dieses leben leben und all diese sachen lernen

sie schaut wieder zu himmel dann schaut sie wieder zurück zu mir und ihr blick stark genug um haut zu verbrennen ihr blick mehr stark als jede ohrfeige

sie sagt aber warum kannst du das tun wenn ich es niemals tun konnte tür von singschule fällt hinter uns zu und wir stehen in dunkelheit

ich führ sie durch den flur und vorbei an den türen zum ende und tür zu arbeitszimmer steht offen und ich seh meister auf seinem stuhl sitzen und glas von fenster ist hinter ihm und es liegt ein pergament auf dem tisch

meister schaut auf und er sagt aha kommt herein

ich geh als erste rein dann seh ich mutter stehen bleiben auf schwelle als wäre sie stein denn sie hat nie so was wie das hier gesehen und ich zieh an ihrem arm damit sie sich bewegt und sie betritt das zimmer

meister sagt willkommen mrs pitcher

sie ist so zungenstumm dass sie nicht sagt wir heißen nicht pitcher und dafür bin ich voller dankbar

meister sagt danke dass ihr gekommen seid um uns zu treffen

mutter schaut sich im zimmer um sie hat große augen und ich weiß wie sie sich fühlt denn ich hab dasselbe gefühlt

meister sagt mrs pitcher

ich stoß ihr den ellbogen in die seite und sie sagt ja

er sagt das hier ist die vereinbarung ihr müsst hier unterschreiben damit euer sohn bleiben kann

und er streicht pergament mit flachen händen glatt

er sagt john wird die singschule besuchen und wird eine ausbildung bekommen er wird lateinisch lernen und religionslehre und wird über all unsere könige lernen und unsere große königin und wird die geschichte dieser insel lernen und natürlich wird er lernen zu singen und unserem herrn zu dienen

sie sagt nix

er holt ein wollkissen mit tinte raus und er holt feder

raus was er in tinte taucht und er schreibt auf papier dann legt er feder nieder und gießt etwas tinte auf wollkissen

er hält es mutter hin er sagt legt euren daumen hier drauf

sie legt ihren daumen drauf und er hält ihren daumen mit der einen hand fest und er rollt das kissen in eine richtung dann in die andre um sicherzugehen genug tinte unter daumen

er sagt macht euren abdruck hier drauf neben meinen namen

er führt ihre hand zu papier und sie drückt runter dann hebt wieder hoch

und ich kann die spur sehen

so sagt meister jetzt ist es erledigt

bevor sie geht gibt es noch eine sache die ich ihr zeigen will

ich führ sie durch tür in den nächsten flur und wir gehen vorbei an glasfenstern und dann stehn wir an großen holztüren in die kathedrale und ich mach sie auf

wir treten ein

sie schaut rum auf steinrippen an decke auf boden und sie sagt nix

ich führ sie zu holzsitzen wo wir singen und ich zeig ihr geschnitzte gesichter und ich erzähl ihr wies ist hier zu stehen und zu singen in dunkler nacht mit flackernder kerzenflamme

danach gehen wir raus über gang und raus durch große türen und wir stehen auf kathedralen grasplatz wo schafe gras fressen und wir schauen zurück auf die vorderseite aus stein und die sonne ist drauf und erst starrt sie dann sinkt sie aufs gras als wäre luft völlig raus aus ihr

und ich setze mich neben ihr hin und ich sag erste mal als ich gesehen hab konnt ich kaum glauben dass menschenhände sowas machen können

sie nickt 'sist wahr sagt sie

wir sitzen dort wir beide und eine weile sagen wir nix sie starrt nur auf die kathedrale dann nach einer langen zeit sagt sie 'sist immer noch eine kirche also hör bloß nicht auf alles was sie dir sagen

was sollten sie mir sagen

sie werden von gott sagen und das alles und sie werden dir erzählen dass mit uns was nicht stimmt dass wir böse dinge gemacht haben aber haben wir gar nicht wir bauen hier nur nahrung an die man essen kann wir alle sind nur hier um uns um die welt zu kümmern wir brauchen nix andres also sing du nur und hör nicht auf den rest und du musst an die sonne und die tiere und die bäume und den himmel und den mond und die sterne glauben

ich sag aber die werden mir neue sachen beibringen

was für sachen

ich sag sie bringen mir buchstaben bei damit ich lesen und lernen kann all die dinge über die welt

du weißt über die welt du weißt wie man nahrung anbaut und wie man eine kuh melkt

ich will mehr lernen sag ich ich will wissen was es zu wissen gibt denn die andren gehen zur schule und die andren lernen

sie jungs sagt sie und du bist kein junge

ich weiß dass ich kein junge bin

und wie willst du vor ihnen verstecken dass du ein mädchen bist

es kommt ihnen gar nicht in den sinn dass ich ein mädchen sein könnte sag ich und wenn du etwas nicht denkst dann kann es nicht sein

aber was wenn du dich veränderst

ich werd mich nicht verändern

sie schaut mich dann zeigt sie ihre brüste sie sagt das wird dir passieren du wirst eine frau sein

ich hab stoffbinde um damit es flach bleibt

und dann hast du auch noch spalte sagt sie

die werden sie nicht sehen

sie sagt du weißt es gibt keine welt ohne spalte denn da kommen babys raus

ich weiß weil ich tiere gesehen hab wie sie babys aus spalte gekriegt haben

dann rückt sie näher zu mir und ich rücke weiter weg weil ich glaub dass sie mich jetzt schlägt aber sie tut es nicht ihre hand berührt mein haar ich weiß dass es wieder nachwächst sagt sie aber 'sist schade drum

dann sagt sie vergiss mich nicht

ich schau sie an ich sag das werd ich niemals und ich bin doch sowieso in der nähe und du kannst kommen und du kannst mich singen hören und du kannst baby agnes mitbringen

sie schüttelt kopf sie sagt du weißt dass ich das nicht kann denn ich muss mit tomas allein die ganze arbeit machen und jetzt haben wir noch ein maul zu stopfen

ich sag nix denn was sie sagt ist wahr aber ich sag mirselbst ich werd geld kriegen ich werds ihr bringen und sie kann jemand bezahlen die arbeit zu machen und sie wird ein bisschen von dem was hier ist haben und ein bisschen von dem essen was jeden tag auf dem tisch steht

dann tu ich zu ihr sagen ich werd heimkommen um dich und vater zu besuchen wenn ich kann und ich werd kommen um agnes zu besuchen aber wahrheit ist tomas wird mir nicht fehlen

ich weiß sagt sie ich bin nicht blöd

ist nicht gerecht sag ich weil er tun kann was er mag und ich kanns nicht

dassis halt weil du ein mädchen bist

ich weiß

und ich war auch ein mädchen deswegen weiß ich das

wir sagen nix mehr aber wir sitzen immer noch hier auf gras und da ist sonne und geräusch von bienen und vögeln und alles riecht nach sommer und dann fängt sie an

es war ein bauernsohn
hüt' schafe auf der wies

und dann fang ich auch an und ich sing mit ihr

und er zog los im mai

zu sehn was er sich schießt

und es sind die stimmen von uns beiden und als wir fertig sind sag ich jetzt machen wirs anders du fängst noch mal an und hörst nicht auf das was ich mach sondern singst einfach weiter wie immer

und sie macht es und ich fange später an und fange mit dem ersten vers an als sie ihn schon zur hälfte fertig gesungen hat und wir singen und 'sist als wäre da echo und zeile kommt immer und immer wieder

und als wir fertig sind lächelt sie und sie sagt das war schön

ich sag wir tun das in nacht in dunkelheit mit kerzenflammen und diesen ganzen stimmen

sie nickt dann schaut sie mich

sie sagt ich glaub ich versteh warum du deine roten haare abgeschnitten hast und warum du weggelaufen bist

Sie weg
und da ist grüner fleck auf dem gras wo sie war
und da ist daumenabdruck auf papier

tage vergehen und jeden tag muss ich mit william in kleinen raum gehen und er sitzt neben mir und gibt mir nachhilfe

jeden tag nehm ich hornbuch in die hand und es geschieht langsam dass ich anfang buchstaben zu sehen und wörter und sie sehen alle verschieden aus und wenn wir zusammen beten folgt mein finger der zeile und sieht die wörter und ich sag sie laut und mein finger weiß unter welches wort er muss und jedes mal wenn ich das mache wirds mehr richtig

dann eines tages sagt william gut jetzt ist es zeit für die nächste sache

und er geht im zimmer nach vorne und macht holzschrank auf und holt raus ständer für tinte und er holt feder raus was geschnitten worden ist und er legt sie auf tisch dann nimmt er feder und er taucht ende in tinte und er macht zeichen auf papier und ich seh was für buchstaben er da schreibt und sie machen ein wort was ich laut sage

er sagt schau da siehst du mal was du schon gelernt hast

und das tu ich auch

er hält mir feder hin und ich nehme sie in meine eigene hand und sie reinweiß und ich fühl sie zwischen daumen und zeigefinger tauch sie in tinte und streif sie an kante von tintenfass ab und dann halt ich sie über papier und schon ist tintenschweinerei da

macht nichts sagt william du bist es einfach noch nicht gewohnt

ich fang noch mal an

beweg sie sagt er wenn du sie stillhältst kommt die tinte wieder raus diesmal beweg ich sie und die feder beginnt zu schreiben und es ist schwarz auf dem weißen papier und ich mach eine gerade linie dann tu ich einen punkt drübermachen und dann mach ich weiter und ich mach all die wörter die ich kenne und es sind nicht viele aber es ist mehr als da war als ich noch zu hause war und meinen kopf an die flanke der kuh lehnte

als ich fertig bin streu ich sand auf nasse tinte wie er mir zeigt und dann schau ich runter auf was ich mit all diesen wörtern getan habe

ich fühl mich plötzlich müde und es ist ein anderes müde denn es ist keine arbeit wie die die ich auf feld gemacht habe und mir tun nicht die arme weh und meine zwei starken beine aber mein kopf schmerzt vor anstrengung

dann sagt william ich glaube du bist jetzt so weit dass du dich der klasse anschließen kannst in dieser nacht ists heiß und ich kann nicht schlafen ich steh von meinem jungenbett auf und schau aus dem glasfenster

der mond ist dünn wie klinge

ich weiß 'sist derselbe mond was auf zuhause runterschaut aber zuhause fühlt sich jetzt mehr weit weg an als hätte ich das haus weiter die straße hochgeschoben jetzt wo ich gelernt hab buchstaben auf ein papier zu machen und gelernt hab zu lesen

Wir sind im klassenzimmer aber heute gibts keine hornbücher und keine federn wo in tinte getaucht werden

der meister steht vorn und er sagt heute morgen werden wir uns ein musikstück anschauen

er holt eine rolle hervor und er rollt sie langsam auf und ich seh linien kommen und schwarze zeichen auf den linien aber es sieht nicht aus wie wörter und es sieht nicht aus wie buchstaben und er hängt sie an wand so dass wir sie alle sehen können und er schaut mich an denn er weiß dass er mir alles sagen muss und er sagt das ist ein stück aufgeschriebene musik

ich seh dass die zeichen auf den linien auf und absteigen und manche sind nah beieinander manche weit auseinander und einige zeichen sind leer und einige sind ausgefüllt mit tinte

der meister sagt die zeichen hier zeigen uns wie die musik gespielt und gesungen werden muss und dann singt er eine zeile und als er singt zeigt er auf papier wie unsere stimmen schnell und langsam und rauf und runter gehen sollen

und ich staune denn ich dachte singen und musik kommt einfach raus wusste nicht dass man sie aufschreiben kann damit alle leute sie kennenlernen können

als wir fertig sind zeigt er mir ein hornbuch was ein blatt mit musiklinien und eine einfache reihe von zeichen hat was rauf und runter gehen und das macht eine tonleiter und er erklärt mir dass ich meine stimme rauf und runter singen soll und er erklärt mir dass ich üben soll damit ich mich daran gewöhne die musik zu lesen

und als wir das klassenzimmer verlassen geh ich den flur entlang mit hornbuch in hand und ich üb es die ganze zeit und ich fühle wie es in meinem hals vibriert und ich kann es hören wie es rauf und runter geht und ich übs den ganzen tag und übs immer noch als ich zu bett geh auch wenn ich das hornbuch nicht sehen kann denn es ist dunkel und die jungs sagen ich soll still sein und erklären mir dass ich meiner stimme wehtun kann aber es tut nicht weh denn meine stimme ist so stark wie mein körper und so stark wie mein geist

jeden tag lern ich was neues und jeden tag kann ich mir nicht vorstellen dass es noch mehr zu lernen gibt aber da ist immer noch was und jeden tag wird mein singen besser und sogar ich kann es hören und jeden tag kann ich mehr wörter lesen und jeden tag kann ich mehr wörter hören und obwohl sie lateinisch sind kenne ich sie und jeden tag taucht meine feder in tinte und kratzt auf papier und jeden tag bewegen wir uns durch sommer und gegen herbst fallen die blätter ich weiß agnes eines tages wirst du das hier lesen denn eines tages wirst auch du lesen können

während meine tage vergehen mit liedern und schule denk ich an dich und glaub bloß nicht ich hab dich vergessen und wenn die anderen schlafen denk ich an dich

ich glaube du legst deine hände auf die seiten der holzwiege und hebst einen fuß und kriechst hinaus in die welt

und ich verpass es

aber du sollst wissen ich muss das hier tun denn ich tu es für dich genauso wie für mich denn du bist ein mädchen so wie ich ein mädchen bin

Wir sind in der kathedrale und bereiten uns aufs singen vor und ich lehn mich zurück an das holzgeschnitzte gesicht was miserikordie heißt wie ich jetzt weiß und ich weiß warum es so heißt nämlich weil es so mies ist so lang zu stehen

der meister und assistent kommen rein und beide verbeugen sich am altar und dann seh ich dass ihnen zwei männer folgen und keinen von denen hab ich vorher gesehen und ein mann ist so dick dass er aussieht als hätte er den anderen mann geschluckt und der andere mann ist so klein dass er aussieht als wäre er der gehstock für den dicken mann und ich kann die vier gar nicht anschauen weil ich angst hab dass ich loslachen muss

die neuen männer setzen sich hin mit dem meister und der assistent stellt sich vor uns hin und er hält seine hände hoch und sie fangen an sich zu bewegen und das singen beginnt und ich beobachte wie sich seine hände mit der musik bewegen denn schau ich zu den männern und seh dass sie gar nicht singen sondern uns scharf beobachten

als wir mit singen fertig sind schicken sie uns zum essen und als wir in den speisesaal kommen hat katlyn uns honigkuchen gemacht was wir noch nie zuvor gekostet haben und wir kriegen mehr bier und nichts ist normal und wir schauen uns alle an und wir wissen nicht was los ist

dann geht die tür zum speisesaal auf und der assistent kommt rein

er schaut mich an

er sagt john pitcher folge mir

der meister und die zwei neuen männer sitzen am tisch und der assistent sagt mir ich soll mich in die mitte des holzgetäfelten zimmers stellen der meister sagt zu den zwei männern das ist john pitcher

dann schaut er mich an und sagt john diese männer sind von der königlichen kapelle gekommen

er hört auf zu sprechen als würde er erwarten dass ich was sage als würde er glauben ich weiß was das ist wovon er da redet aber ich weiß es natürlich nicht deswegen schau ich ihn nur an

er spricht wieder weiter und jetzt ist seine stimme ganz langsam als wäre ich dumm

er sagt ich hab gerade erklärt dass diese gentlemen zu besuch von der königlichen kapelle hier sind und sie interessieren sich für dich aber ich habe erklärt dass du von einem bauernhof gekommen bist und dich uns erst vor kurzem angeschlossen hast und obwohl du deine ausbildung begonnen hast hast du bis jetzt nur lückenhaftes latein gelernt dein schreiben und lesen ist immer noch ausnehmend zögerlich und einfach und dein bibelwissen ist nicht was wir von einem chorknaben erwarten würden

dann unterbricht der dicke mann den meister und sagt wir haben das land nach den besten sängern abgesucht die wir finden können für ein ganz besonderes konzert und wir sind auf der suche nach den hellsten reinsten stimmen und wir haben dich singen hören und uns gefiel was wir da gehört haben

der meister unterbricht ihn und sagt aber wie ich schon erklärt habe es dauert nicht mehr lange bis john in den stimmbruch kommt und dann wird seine familie ihn wieder heimholen auf den bauernhof denn sein vater ist bettlägerig

der dicke mann sagt das konzert ist für einen außergewöhnlichen anlass wie ihr wisst der meister sagt john wird für körperliche arbeit auf dem bauernhof gebraucht wie ihr euch sicher vorstellen könnt

der dicke mann sagt es wird eine schöne summe geldes für eure schule abfallen denn alle werden entschädigt

der meister sagt aber wir wollen ihn hier behalten und ihm noch was beibringen in der kurzen zeit die er noch vor sich hat

der dicke mann sagt nichts

der meister sagt tatsächlich glaube ich es könnte eine schöne summe geldes für euch zwei abfallen wenn ihr den kleineren jungen nehmt

der dicke mann schaut den meister an er sagt es geht um die qualität der stimme nicht die quantität der münzen

der meister sagt der kleine junge kann singen

der dicke mann sagt wir wollten diesen jungen

der meister sagt dann gibt es nichts was wir tun oder sagen können

der dicke mann sagt genau

der meister nickt ich verstehe

der dicke mann sagt wir werden euch großzügig entschädigen

der meister schaut mich an und sagt also john sieht so aus als würdest du zur königlichen kapelle gehen

der dicke mann steht auf er sagt wir werden dir das geld jetzt geben und wir werden nächste woche zurückkommen um ihn abzuholen wenn wir auf dem rückweg sind

ich sag ich versteh das nicht

ich sag ich kann nirgendwo hingehen

aber niemand sagt nix zu mir

der dicke mann geht zur tür und der kleine mann folgt ihm und sie gehen hinaus dann schaut der assistent den meister an und der meister nickt und er sagt triff die reisevorbereitungen für john

der meister geht hinaus

ich sag zum assistent was ist denn los ich kann nirgendwo hingehen

er sagt du hast keine andere wahl

ich sage aber ich bin glücklich hier und ich bin nur hergekommen um zu lernen wie man richtig singt

er schüttelt den kopf und er dreht sich zu mir und schaut mich an er sagt das hat nichts mit glücklichsein zu tun du musst begreifen dass es die größte ehre von allen ist für die königliche kapelle zu singen

aber ich weiß doch gar nicht wo das ist

die ist in london

london ist das weit weg von hier

ja

aber ich wohn hier und meine schwester und meine mutter und vater und auch mein bruder sind hier ich kann hier nicht weggehn

wir wollen auch nicht dass du gehst aber wir haben keine andere wahl

ihr könnt ihnen sagen dass ich nicht geh

das können wir nicht glaub mir wir wollen dich auch nicht verlieren aber wir können nichts tun

ich schau ihn an ich sag ihr habt mich verkauft

nicht ganz sagt er

doch sag ich

er sagt john es ist nun mal wie es ist und da ist jetzt nichts mehr zu machen und es gibt auch nichts mehr zu sagen

’S ist dieselbe nacht und ’sist dunkel im zimmer mit den betten und auf der anderen seite der fensterscheibe wird die welt kälter und die ersten blätter fallen runter auf die erde

die blätter werden wieder zu erde verrotten und die nächsten pflanzen ernähren die wachsen werden und die werden auch ihre blätter abwerfen die wieder verrotten und alles ist ein kreislauf

auf dieser seite der fensterscheibe bin ich im bett bekleidet mit meinem schlafhemd und was niemand weiß ist dass unter dem schlafhemd mein schmutzigweißes ist und darunter die stoffbinde die meine brust flach macht

meine füße liegen zwischen dem kopf von william und dem kopf von jeb

es gibt keine kerzen und ich kann nur kleines funkeln von mond sehen was auf das metall scheint was zwischen der rautenfensterscheibe ist und ich merke an der schwere der jungs im bett dass sie tief schlafen

ich kann nicht schlafen

ich hab meine augen nicht zugemacht und ich hab nicht geschlafen seit ich ins bett gegangen bin

ich versuche mir zu überlegen was ich tun kann

ich kann ihnen erklären dass ich ellyn bin aber dann werden sie mein geld wegnehmen und ich werd nie wieder so singen und ich werd wieder mit meinem kopf an der kuhflanke lehnen und milch aus ihren zitzen ziehen

aber wenn ich ihnen nicht sag dass ich ellyn bin dann werden sie mich fortschicken und ich werde immer noch singen aber ich werde weit weg von zu hause sein und ich weiß was das bedeutet ich werde weit weg von zu hause sein und von meiner familie und allem was ich kenn und ich werd weit weg sein von dir agnes 'sist als hätte ich ein spiel gespielt und den teufel am schwanz gezogen und jetzt hat er sich umgedreht und er beißt mich und kein strohhahn den vater gemacht hat wird mich aus dieser falle retten

ich kann nicht schlafen

mondlicht wandert durchs zimmer

ich kletter aus dem bett

ich schleich kaltfüßig die steintreppe runter und halte die hand ausgestreckt um die wand zu berühren und ich fühl winter was darin lebt

ich schleiche den flur entlang durch die tür in den nächsten flur dann mach ich die große tür auf und mach sie leise wieder zu

ich bin in der kathedrale und der mond kommt durch die fenster und es ist hell genug und da ist sogar farbfleck

ich geh zu den chorsitzen lehn mich zurück und fühle das geschnitzte holzgesicht am kreuz und ich beginne ganz leise

da ist meine einzelne stimme klar und still und rein

als ich wieder in meinem bett bin ist meine haut so kalt wie die wände und mir fällt wieder ein was der mann in der kirche gesagt hat

vertrau auf gott

gott ist der einzige was mir jetzt helfen kann also mach ich meine augen zu und bete ganz leise ich benutze eine spezielle stimme wie vater wenn er danke sagt für die speisen die wir essen aber diesmal sag ich ich brauch deine hilfe ich sag zeig mir dass es dich wirklich gibt und dass du macht hast

aber nichts passiert

ich bete noch einmal fester und als ich meine augen aufmach bin ich immer noch in dunkelheit in dem zimmer mit zwei betten und nichts hat sich verändert

er hört mir nicht zu denn er weiß dass ich ein mädchen bin und ich interessier ihn nicht am nächsten morgen denk ich ich hab noch eine woche zu entscheiden was ich tun will und vielleicht verändert sich ja in dieser woche irgendwas

als wir den gottesdienst beendet haben gehen wir in einer reihe, zurück durch die türen und flure, zurück zum speisesaal zum frühstücken

wir setzen uns auf unsere harten bänke dann berührt der assistent meine schulter

er sagt john pitcher es hat eine planänderung gegeben und die zwei männer haben beschlossen dich heute morgen gleich mitzunehmen er steht auf der schlafzimmerschwelle und befiehlt mir mich umzuziehen

ich sag ich kann nicht einfach mit den zwei männern mitgehen ich muss nach hause gehen und es meiner mutter und meinem vater erzählen

er sagt die männer gehen jetzt los und wir werden deine eltern aufsuchen und sie informieren

ich sag ihr wisst doch gar nicht wo die sind

er sagt wir werden sie finden

ich sag sie werden nicht wollen dass ich mitgeh

er sagt sie werden entschädigt werden und ihren anteil von der gebühr bekommen

ich sag bitte zwingt mich nicht dass ich mitgeh

er sagt nichts

ich sag aber ich hab eine kleine schwester die kann ich nicht verlassen

er sagt beeil dich mit dem umziehen

zuerst zieh ich meine hose an dann zieh ich schnell mein blaues und das überkleid aus und zieh das hemd über mein schmutzigweißes und dann meine jacke

er führt mich aus dem zimmer und führt mich den weg die treppe runter und die ganze zeit schaut er zurück um sicher zu gehen dass ich ihm folge und wir gehen zurück zum speisesaal wo die jungs sitzen und essen und er sagt mir ich soll mich an meinen normalen platz setzen der auf mich wartet mit brot und zwei eiern und er sagt du musst schnell essen

ich sag ich muss nach hause gehen ich kann nicht einfach weggehn

er sagt dieses gespräch haben wir schon mal geführt

und er geht rüber zur tür und er stellt sich hin und beobachtet mich katlyn kommt zu mir und sie sagt sie haben mir erzählt dass du weggehst und dann drückt sie mir einen lappen in die hände und sie sagt hier das ist für die reise für wenn dir der magen knurrt

ich mach das tuch auf und seh pasteten und haferplätzchen

sie sagt es wird dir bestimmt gutgehn sie sagt vergiss nie woher du kommst und vergiss uns nie

dann sagt sie sing wie du singst und welt wird sich immer um dich kümmern an meiner einen seite hab ich den assistenten und auf der anderen ist der meister und ich werde an all den jungs vorbeigeführt die mich beobachten und keiner sagt ein wort und ich werde durch den holzgetäfelten flur geführt

wir gehen an dem fenster vorbei wo ich zum ersten mal auf der blanken erde stand und das singen hörte

man führt mich vor die kathedrale

und dort steht eine kutsche davor und sie hat vier schwarze pferde und ein junge hält ihre zügel und vorne drauf sitzt ein fahrer mit einem schwarzen mantel und einer langen peitsche und die zwei männer sind drinnen und ich werde durch die tür die stufen hinauf in den hinteren teil geschoben

man gibt mir eine wolldecke

der meister und der assistent stehen da und beobachten mich und dann kommt ein ruf und der junge springt auf den vordersitz neben den kutscher und ich höre hufeisen auf steine schlagen und die kutsche bewegt sich

der assistent ruft viel glück

der meister ruft wir sehen uns wieder wenn deine stimme bricht nur ich weiß dass meine stimme nie brechen wird

es ist als wäre eine ganze welt hinten in der kutsche denn da sind fenster mit vorhängen und zwei bänke gegenüber voneinander und sie sind mit pferdehaar gepolstert und sie sehen aus wie betten und sogar die wände sind gepolstert und mit seide bezogen

die zwei männer die der neue meister und sein assistent sind sitzen auf den zwei bänken und ich sitze neben dem assistenten ans fenster gequetscht

draußen zieht die welt so schnell vorbei als würde sie mir jemand wegziehen da ist die kathedrale dann ist sie verschwunden da sind die häuser dann sind sie verschwunden und jetzt sind da nur noch bäume und die rauschen vorbei

ich halte mich an der bank fest weil mir das schaukeln das gefühl gibt als könnte ich jeden moment fallen und sie sagen gar nichts und man hört nur das geräusch von rädern und pferdehufen dann fahren wir den hügel hoch

die sonne scheint flackernd durchs laub und mir fällt licht in die augen und die blätter haben sich verändert und fallen und sie werden auf der erde liegen bis sie verrottet sind

der kutscher ruft den pferden etwas zu und dann gibt es ein geknatter und wir fahren noch mehr hügel hoch und wir sind ganz zur seite gekippt

ich rufe genug halt halt

der neue meister wendet sich zu mir er sagt was ist denn los junge

ich sag wir fallen um

er lacht er sagt wir sind absolut sicher denn diese vier räder haben uns bereits durchs ganze land getragen

ich sag ich will nach hause

er schüttelt den kopf er sagt du gehst nicht nach hause

denn du kommst mit uns und je eher du das annimmst und dir klarmachst was für eine ehre das für dich ist umso besser wird es sein

die kutsche fährt noch mehr bergauf und wir fahren die hügel hoch näher zu wo die sonne ist und wo die wolken sind und ich schließe meine augen und ich denke ans beten aber ich weiß ja dass mir niemand zuhört und außerdem muss ich jetzt zuhören denn die beiden männer fangen an zu reden

der neue meister wendet sich an den neuen assistenten und sagt du kannst die veränderung da draußen sehen

der kleine assistent sagt ja der herbst ist wahrlich gekommen

aber wir sind jetzt fertig

ja wirklich eine erleichterung und ein gutes ergebnis und jetzt können wir weitermachen

genau jetzt kann die echte arbeit beginnen

ich hab mein gesicht der welt draußen zugewandt als wäre ich gar nicht interessiert aber ich bin es sehr wohl denn ich sammel wissen so wie wir auf den feldern nach der ernte die vergessenen ähren einsammeln

der meister schaut aus dem fenster und fängt an ein musikstück zu summen

als er aufhört sagt der assistent wann bekommen wir es

wenn es kommt

wie lange hat er gehabt

oh er hat lang genug gehabt aber er wird etwas abliefern das ist sein beruf ich hab noch nie erlebt dass er sich verspätet oder nichts abliefert es ist unheimlich wie er scheinbar mühelos produzieren kann

stimmt und habt ihr etwas davon gehört

einen fetzen der kaum der erwähnung wert war

wenn ich so überlege ist die vorfreude größer als bei jedem anderen stück

ich weiß

und sie lächeln einander an

dann sieht der meister meinen heimlichen seitenblick und er sagt zu mir alles in ordnung pitcher gefällt es dir die welt da draußen anzuschauen

ich sage nichts denn ich glaube er weiß was ich fühle

er lächelt er sagt wart ab bis du sieht was auf dich wartet

und dann fühle ich den schlafmangel weil ich die ganze nacht wach war und mein kopf wird schwer auf meinem hals und ich rolle die ecke meiner wolldecke zusammen und lege meinen kopf darauf und der neue meister beginnt wieder zu summen und die räder machen ein geräusch auf der straße und der kutscher ruft den pferden etwas zu und sie klappern mit den hufen und meine augen haben genug davon zu sehen wie die welt von mir weggezogen wird als wir stehen bleiben ist es vor den fenstern schon dunkel und ich weiß nicht wo wir sind aber ich weiß dass meine knochen flüssig geworden sind

da ist ein junge der uns leuchtet als wir die stufen der kutsche hinuntersteigen und ich kann schweiß riechen und die pferde lassen die köpfe hängen weil sie so erschöpft sind

wir gehen übers kopfsteinpflaster und werden in ein zimmer mit einem großen feuer geführt und da steht ein tisch mit essen und ich werde auf einen stuhl am einen ende gesetzt und der neue meister und neue assistent setzen sich ans andere ende und eine frau kommt mit fleisch was sie in scheiben schneidet und auf unsere teller legt und wo sie es schneidet fließt rotes blut und wir reißen stücke von unserem brot ab und tränken sie im saft

als ich gegessen habe fühlt sich mein bauch ganz krank wo ich mich in der kutsche bewegt habe und so geh ich zurück zum plumpsklo und zieh meine hose runter ich zieh das schmutzigweiße raus und geh in die hocke und es kommt alles raus und ich wisch mich mit heu ab

die frau führt mich hinaus zu wo die pferde sich ausruhen und ich kletter eine leiter hoch und da stehen heubetten wie die in denen ich zuhause geschlafen hab und ich leg mich aufs heu in hose und jacke und der junge von der kutsche kommt rein und er legt sich auf anderes heubett

wir können die pferde unten riechen und hören wie ihre scheiße rauskommt und auf den boden klatscht

ich lieg in süßer totheit

es ist meine schuld dass ich hier bin denn ich bin stark von körper und geist und ich dachte ich könnt machen was ich wollte und in der kathedrale singen und ich hab überhaupt nicht drüber nachgedacht was passieren könnte mein zuhause fühlt sich jetzt so weit weg an und agnes du fühlst dich auch so weit weg an jetzt und es tut mir weh an dich zu denken

meine hände fühlen nach den heuhalmen unter mir und ich weiß es nicht aber ich fang an ein lied zu summen als wäre ich in der steinkathedrale

der junge spricht er sagt was singst du da

ich hör auf und sag das ist bloß was von der kathedrale

er sagt ich weiß wohin sie dich bringen

woher weißtn das

weil ich da schon mal gewesen bin

ist es weit

noch'n stück aber bin froh wenn wir ankommen denn wir waren wirklich überall während sie gesucht haben

was haben sie denn gesucht

er sagt sie haben nach allen besten sängern gesucht

sie haben mir erzählt dass wir nach london fahren

'sist nicht london

warum haben sie dann london gesagt

weils auf dem weg nach london liegt

aber ich kann nicht hin ich will nicht hin

er lacht zu spät sagt er du fährst doch schon hin

ich sag nichts ich lieg nur da und mein herz fängt an zu klopfen und dann sage ich mit ruhiger stimme ich muss nur noch mal kurz raus zum pinkeln

ich steh vom heubett auf und geh die treppe runter vorbei an den pferden raus auf den hof

ich renn übers kopfsteinpflaster auf den mauerbogen zu und dann schlägt mein körper so heftig auf etwas auf dass die ganze luft aus mir weicht dann sind hände auf meinen schultern die mich fest packen und eine stimme sagt na was meinst du wo du grade hingehst ich werde zurückgezogen und in das zimmer mit dem feuer gebracht und da sitzen der meister und assistent

der assistent sagt dem mann er soll mich in mein bett zurückbringen aber bevor ich geh starrt er mich auge in auge und er sagt verschwende deine zeit nicht mit ausbruchsversuchen denn wir beobachten dich.

ich bin in der falle des teufels und ich liege zwischen seinen zähnen

ich schiebe meine hand unter die wolldecke und fühle mein hemd. ich schiebe meine hand durch den schlitz zwischen den knöpfen und drunter kann ich mein schmutzigweißes fühlen

es ist als würde ich meine eigene haut berühren

meine alte haut.

Das erste was ich sehe ist ein langes gebäude aus roten steinen das oben und über den bögen und fenstern lauter türme und kamine hat. Davor ist ein wassergraben.

In der mitte des gebäudes ist ein großer bogengang und die kutsche und pferde verlangsamen kaum sondern donnern gradewegs drauf zu und dann sind wir durch und auf einem hof der von noch weiteren roten ziegelmauern mit fenstern umgeben ist. die kutsche macht einen halbkreis dann hält sie

Aus dem fenster sehe ich überall leute und dinge geschehen überall da sind noch weitere pferde und fuhrwerke und da sind männer die sie abladen und manche tragen blaue gewänder und es gibt auch frauen die mit armen voll wolle und stoff herumlaufen. ich kann ein großes feuer sehen das in der ecke brennt und schubkarren mit feuerholz werden herangekarrt. da ist eine frau mit einem tablett voll kuchen da ist ein mann der pferdescheiße schaufelt da sind kinder die überall zwischen ihnen rumrennen

Dagegen wirkt der erste Markt zu dem ich die ganze Zeit gegangen bin richtig still

Der meister macht die kutschentür auf und steigt die zwei stufen hinunter dann folgt der assistent. unten steht ein mann im roten mantel mit goldenen streifen und goldenen knöpfen und er schüttelt dem meister und assistenten die hände dann wenden sich alle drei männer zu mir und der assistent sagt du kannst rauskommen john

Ich geh die stufen runter und der meister verkündet stolz hier ist er unser john pitcher

Der mann im roten mantel hat ein rundes gesicht mit braunen augen und dunklem haar was ihm ganz grade ums gesicht hängt und er lächelt die ganze zeit und er streckt mir seine hand hin und er sagt willkommen willkommen

Ich schüttel ihm die hand und seine haut ist trocken und seine hand ist kräftig

er sagt freut mich dich kennenzulernen john ich heiße philip. ich bin vorausgeschickt worden um mich um dich zu kümmern bis die anderen eintreffen

der meister sagt gut dann wollen wir john in deinen fähigen händen lassen philip

selbstverständlich sagt philip wir kommen schon zurecht

und dann gehen die beiden männer.

ich schau mich um und auf die ganzen leute um mich herum

überall geschäftig wie die ameisen in einem gestörten ameisenhaufen alle bewegen irgendwelche sachen alle tragen irgendwelche sachen

ich wette so was wie das hier hast du noch nie gesehen sagt philip

ich schüttle den kopf noch nie sag ich

er lacht das muss ja ein ganz schön überwältigender anblick für dich sein

ist es auch sag ich aber ich muss zurück nach hause denn sie haben mich gezwungen hierher zu kommen und ich wollte das nie

er schaut mich an er sagt so geht es uns allen zu anfang aber du wirst dich dran gewöhnen.

nein du verstehst mich nicht

glaub mir ich versteh dich sehr wohl

eine frau kommt auf uns zugerannt und sie hält ihr kleid hoch wo sie lauter brotlaibe drin hat und sie rennt gegen philip und er fällt beinah auf mich drauf. wir fangen uns wieder dann sagt philip Scheißweiber überall komm wir verschwinden aus diesem irrenhaus

Also drehen wir uns um und gehen an den wachen vorbei durch den bogengang wo die kutsche reingefahren ist. Wir biegen links ab und gehen den weg entlang bis zum ende und wir sind am ufer des flusses der neben dem roten ziegelbau fließt

der fluss ist so breit wie unser hausfeld und es ist als wäre das wasser aus jedem graben zu hause da reingegossen worden.

es gibt schwäne und boote und eines der boote kommt auf uns zu und hält an den stufen und ein mann mit einem seil springt ab und befestigt es an einem pfeiler dann laden er und der andere mann ein paar kleine geflochtene kisten ab und stapeln sie. Sie binden das boot wieder los und der andere mann trägt die kisten zum bogengang

auf dem fluss haben sich lauter kleine wellen gebildet.

der himmel wird dunkel und auf dem anderen ufer stehen schattenbäume und an den bäumen hängen nicht mehr viele blätter und ich kann die schwarzen umrisse von krähennestern sehen und die vögel fliegen oben und schreien und machen sich bereit sich zum schlafen auf die äste zu setzen.

Ich schau mich um auf den fluss die bäume das rote ziegelhaus die ganzen leute die rein und rausströmen die ganzen pferde und die ganzen karren.

Philip sagt keine sorge normalerweise ist es nicht so chaotisch das wird sich alles beruhigen

Ich frage warum ist es jetzt so

das ist alles wegen morgen

was passiert denn morgen?

das weißt du nicht

Ich weiß überhaupt nichts.

Er lacht ich hör an deiner stimme dass du ein junge vom land bist stimmts

ich sag du hättest mich mal hören sollen bevor als ich auf die singschule gegangen bin ich sprech jetzt besser als davor

er lächelt. er sagt das ist der sinn von ausbildung

ich sage und der sinn ist dass man singen lernt

na ja wenn du nicht singen könntest hätten wir ein problem

warum

weil sie morgen kommt

wer?

er starrt mich an und er sagt jetzt willst du mich aber auf den arm nehmen

nein

sie müssen dir doch gesagt haben warum sie dich ausgesucht haben und wo sie dich hinbringen

sie haben bloß gesagt dass sie sänger für was besonderes suchen und wenn ich ehrlich sein soll weiß ich nicht mal wo ich bin

du weißt also nicht wo du bist und du weißt nicht warum du hier bist

stimmt

er lacht und sagt das ist ja wirklich süß

Ich bin nicht süß sag ich

ich meine es nicht so ich meine die meisten jungs würden sich um die gelegenheit schlagen für die königin zu singen

die königin sag ich

ja und sie kommt morgen also willst du jetzt wahrscheinlich wissen wo wir sind denn wir sind in einem ihrer paläste.

das wusste ich, sag ich

aber das ist gelogen. Ich wusste es nicht.

Komm sagt Philip wir müssen dir was zu essen besorgen

Wir gehen zurück zum palasttor wo die zwei wachen stehen dann gehen wir durch den bogengang in den palasthof. Die sonne geht jetzt und die dunkelheit kommt jetzt und manche leute tragen brennende fackeln und das feuer brennt hoch

jetzt kann ich sehen was ich vorher nicht gesehen habe. Am anderen ende des palasthofs ist ein weiterer bogengang und wir gehen hindurch. dahinter ist noch ein anderer innenhof mit fenstern und türen und da sind feuerlampen an den wänden die ihr licht überall hin verbreiten

Philip führt mich an der einen seite des kreuzgangs entlang an den ganzen geschlossenen türen vorbei und am ende gehen wir durch einen anderen kleinen bogengang und biegen hierhin und dorthin ab bis wir an einem speisesaal anhalten

Er ist fast einen viertelmorgen groß und vier mal so groß wie der saal in der singschule und er hat lange tische mit bänken und feuerlampen und am ende brennt ein feuer und es sind schwarze rauchspuren die ganze wand hoch. Die tische sind beinahe voll besetzt mit leuten auf allen bänken und ich kann teller sehen mit fleischstücken und brotschüsseln und krügen in der tischmitte

ich werde an einen tisch gesetzt und man gibt mir einen teller der so voll ist dass das fleisch fast auf den tisch rutscht und ich ess es nicht gleich sondern schau mich um auf das feuerlicht die zinnbecher

alles woran ich denken kann bist du zuhause mit deinen füßen auf der blanken erde mit eintopf auf dem tisch mit den schmerzen von einem ganzen tag arbeit.

Als unsere bäuche voll sind führt mich Philip durch weitere flure zu einem kleinen hof der unser quartier ist wo wir wohnen werden. es gibt ein klassenzimmer und eine latrine und zwei schlafzimmer und er zeigt mir das erste was voll kleiner betten ist alle in dem kleinen zimmer und er zeigt auf das bett das am nächsten an der tür steht und sagt da schläfst du

Er zeigt zu dem anderen zimmer und er sagt da schlafen die gentlemansänger

Ich sag dann bist du also ein gentlemansänger?

er sagt genau

Und singst du mit den jungs?

Ja und ich war auch mal ein chorknabe wie du

Und wo ist die kathedrale in der wir singen?

er lächelt wir haben einen ort wo du singen kannst aber es ist keine kathedrale sondern eine kapelle

Wo sind die anderen jungs?

die kommen morgen

Ich hab mir sorgen gemacht dass ich der einzige bin.

Er lacht. Das wäre ein erbärmlicher chor mit einer stimme

er führt mich wieder raus auf den hof und ich frage wo die königin wohnt

Er zeigt auf einen anderen bogengang auf der anderen seite und sagt: Sie hat private gemächer da hinten weit weg vom eingang aber sie wohnt nicht die ganze zeit hier

warum nicht?

Sie hat viele paläste und zieht das jahr über vom einen zum andern

warum?

Es gibt so viele leute die mit ihr reisen dass sich nach einer gewissen zeit der dreck aufbaut und gestank aufbaut und deswegen muss sie weiterziehen damit sie den palast reinigen können

ich starre ihn an ich sag wenn er schmutzig ist geht sie in einen anderen

ja.

ich denke an zuhause wie wir nur ein zimmer haben und darüber sind die heubetten was wir einmal im jahr saubermachen

Philip redet und ich zwinge mich ihm zuzuhören

Und wenn sie von palast zu palast zieht gehen wir alle mit ihr denn ihre majestät braucht gottesdienste und muss morgenandacht hören und abendandacht egal wo sie gerade ist und sie muss auch musik hören. du weißt es vielleicht nicht aber sie hat einen komponisten der für sie schreibt und wir arbeiten auch mit ihm und manchmal begleitet sie uns auf ihrer laute und manchmal schreibt sie auch selbst musik obwohl sie eine frau ist

Er klopft mir auf die schulter

ich verspreche dir du wirst dich an dein neues leben gewöhnen und überhaupt brauchst du jetzt mal deinen schlaf ich bin sicher du bist erschöpft.

Ich lieg ganz allein im bett und um mich herum ist kalte luft

die flamme ist aus und ich mach die augen zu.

Du weißt was mir jetzt in den sinn kommt

Du.

ich wünschte ganz kurz ich wär bei dir und ich könnt früh aufstehen und dich raustragen auf den hügel um zu sehen wie die sonne geboren wird

Aber jetzt weiß ich dass jeden tag dieselbe sonne kommt und ich weiß jetzt dass es immer derselbe mond ist

Ich verlier all meine geheimnisse.

Philip steht morgens in der tür und er trägt sein rotes und goldenes gewand und hose und die goldknöpfe sind alle in linien aufgenäht und er hat ein weißes band um den hals gebunden. Er schaut mich an und lächelt

Er sagt: Guten morgen John.

Aber ich bin immer noch voll schlaf und mein kopf ist vernebelt und deswegen sag ich nichts. ich schau mich um denn ich weiß nicht so richtig wo ich bin und dann beginnt der nebel sich zu verziehen und mir fällt alles wieder ein.

es ist heller tag und ich kann die ganzen leeren betten sehen und das kleine fenster hoch oben an der wand. Draußen ist ein vollkommenes viereck grauer himmel

Philip sagt ich bin sicher du hast dich von deiner reise erholt und gut geschlafen

Ich setz mich halb im bett auf und stütz mich auf meinen ellbogen.

ja sag ich aber ich will immer noch zurück

Dann seh ich dass er etwas rotes und goldenes auf dem arm hat und er legt es aufs bett und es ist noch ein gewand und noch eine hose und er sagt das ist die kleidung für die königlichen kapellsänger und es ist eine ehre sie zu tragen. Wenn du sie jetzt anprobierst können wir schauen ob sie dir passen und ändern lassen wenn nötig also steh jetzt lieber mal auf und dann besorgen wir dir was zu essen um deinen bauch zu füllen und dann nehm ich dich mit und zeig dir was ganz besonderes.

Ich schieb die wolldecke zurück und sag: Geh voraus und ich komm dann nach

oh nein sagt er ich werd auf dich warten denn ich muss ja schauen ob dir die uniform passt

ich sag ich muss auf die latrine gehen

Er sagt ich bring dich hin

Ich kann mich selbst hinbringen sag ich

Er lächelt wieder, sagt: Du könntest dich verlaufen

Also steh ich aus dem bett auf und er folgt mir auf den kleinen hof und auf die rückseite wo die latrine ist. er wartet draußen auf dem flur und ich hab zu viel angst um zum pinkeln in die hocke zu gehen für den fall dass er um die tür schaut also zieh ich mein nachthemd und mein schmutzigweißes hoch und stell mich mit weit gespreizten beinen hin und meinen rücken zur tür und pisse kommt und sie fließt an meinen beinen runter und ich benutze das moos und den stoff von meinem nachthemd um mich abzutrocknen.

Philip folgt mir zurück ins zimmer mit den betten und er nimmt die rote tunika und die goldknöpfe und ich zieh als erstes die hose an dann dreh ich ihm den rücken zu und zieh schnell das nachthemd aus und zieh die tunika über und er redet mit mir als ich mich anzieh

Er sagt der meister und assistent haben mir erzählt dass du gestern einen langen weg hattest

Stimmt, sag ich.

woher kommst du?

ich weiß nicht irgendwoher was zwei tage von hier entfernt ist

er lächelt. Deine unschuld ist sehr rührend

Dann sagt er: Weißt du sie haben mir erzählt du wärst einer der allerbesten sänger die sie jemals gehört haben

wirklich?

Ja du solltest sehr stolz sein

Er nimmt ein weißes band aus der tasche und bindet es mir um den hals und steckt es in die tunika. Er macht einen schritt zurück und sagt lass dich mal anschauen

Er lächelt. er sagt das rot und das gold sehen gut aus zu deinen haaren

meine ganze familie hat so rote haare wie ich, sag ich

und entspricht ihr temperament der haarfarbe?

ich lache ich sag du solltest mal meinen bruder sehen und du solltest meinen vater und meine mutter sehen

(und dann denk ich an dich natürlich glaub bloß nicht dass ich dich vergessen würde)

Ich sag zu Philip: Und ich hab eine kleine schwester

oh ein mädchen, sagt er und seine stimme wird tonlos als hätte ich ihm was schlechtes erzählt

Dann sagt er es gibt keine rothaarigen mit ruhigem stillem charakter ich mein schau dir bloß unsere königin an.

hat sie rote haare?

oh ja und sie ist ein hitzkopf aber bei einem vater wie ihrem hättest du auch keinen stillen charakter. tatsächlich ist sie für eine frau extrem intelligent ich glaube du wärst überrascht denn da ist weniger vom üblichen weiblichen geschwätz und mehr denken. und ihr vater hat ihr eine erstklassige ausbildung in sprachen und geschichte angedeihen lassen aber auch in musik.

Also liebt sie musik.

Ja, allerdings

und deswegen bin ich hier?

Ja. Sie wird demnächst vierzig und einer der gentlemen von der kapelle der ihr hofkomponist ist hat ihr ein besonderes musikstück komponiert

und wir sind von überall hergebracht worden um es ihr vorzusingen.

Er lacht er sagt deine schlussfolgerungen sind perfekt auch wenn du deine schlussfolgerungen vorbringst als würdest du ein feld pflügen

sprech ich immer noch so? frag ich
ich fürchte ja, sagt er.
dann sagt er jetzt komm du weißt doch du musst essen dann zeig ich dir was ganz besonderes.

Die morgensonne sitzt auf der oberfläche des flusses und es ist ganz still rundum und sogar die krähen sind ins blau raufgeflogen. blätter fallen um uns herum und werden um unsere knöchel geweht.

Und ich denk mir ja es sieht schön aus aber warum hat er gesagt es ist was besonderes denn ich hab das ja schon gesehen aber dann ruft er schnell schau da kommen sie.

Ich schau in die richtung wo er hinzeigt und das erste was ich seh sind zwei pferde am horizont und auf ihnen sitzen männer und sie galoppieren auf uns zu. Und dann dahinter sehe ich noch mehr pferde, dann noch mehr, dann die umrisse von kutschen und karren und es sind so viele dass sie gar kein ende mehr nehmen, so viele als würde eine ganze stadt umziehen.

Die zwei männer ganz vorne kommen näher und sie halten rote fahnen und es ertönt ein geräusch das ich noch nie gehört habe und es ist einer von den männern der eine goldene trompete am mund hat.

Sie reiten an uns vorbei, so viele dass ich sie gar nicht zählen kann, und dann seh ich in der mitte eine goldene kutsche mit schwarzen pferden im geschirr. Die sonne wird vom gold zurückgeworfen und die pferde haben rot in den mähnen und überall sind rote fahnen und sie alle fließen an uns vorbei als wären sie wasser

Die ganzen pferde fangen an durch den bogen zu gehen und dann die kutschen einschließlich der goldenen und dann am ende alle karren und dann ist es plötzlich alles vorbei und sie sind vom palast geschluckt worden.

na was sagst du? fragt Philip.

Ich sag nichts.

Philip lacht, sagt mir dass ich ihm folgen soll, und wir rennen zum palast.

Der hof ist voll. Ich bahne mir einen weg durch die menge und geh zum nächsten bogengang wo die wachen stehen um jeden aufzuhalten der in den nächsten hof durchgehen will. Ich seh ganz kurz schwarze pferde und was goldenes aufblitzen.

Philip ruft meinen namen. Ich dreh mich um und seh die tür zu einer großen kutsche aufgehen, und heraus kommt eine gruppe von jungs die alle in rote tuniken gekleidet sind und sie sehen alle genauso aus wie ich und die tür zu einer weiteren kutsche geht auf und heraus kommt eine gruppe von männern und die sehen alle genauso aus wie Philip.

Es sind so viele.

Im großen speisesaal brennt das feuer hoch und wir setzen uns alle hin männer und jungs und auf jedem tisch stehen leere teller und krüge.

Die türen am ende gehen auf und der neue meister und assistent kommen rein und ihnen folgt noch ein mann und dieser mann trägt eine rote tunika genauso wie die gentlemansänger. Sie bleiben vor uns stehen und der meister spricht, sagt: Willkommen zusammen, gentlemen, willkommen zusammen, jungs, willkommen sowohl alte als auch neue sänger. Heute können wir endlich sagen dass wir vollzählig sind

Er schaut uns alle an und er lächelt.

Er sagt ich freue mich sehr vor euch zu stehen und sagen zu können dass ihr die besten stimmen habt die wir finden konnten. Ihr alle wisst dass wir hier sind für einen ganz besonderen zweck und zwar um das neue musikstück einzustudieren das als überraschung zum geburtstag ihrer majestät geschrieben worden ist wenn sie ihr vierzigstes lebensjahr erreicht.

Er wendet sich zu dem mann der neben ihm steht und sagt ich hatte die ehre einiges von dieser musik zu hören und sie ist über die maßen schön aber bevor wir mit der arbeit anfangen müssen wir klar machen dass niemand hier ein wort davon verraten darf an irgendjemand im palast und wenn es doch geschehen sollte werden die folgen schwerwiegend sein. Versteht ihr das?

Wir sagen alle ja, wie eines, wie ein chor.

Der meister sagt wir werden heute mit den proben anfangen.

Das zimmer in dem wir üben sollen, der große saal, ist sogar noch länger als der speisesaal und hat eine hohe decke mit balken und aus holz geschnitzten rosen und fenster auf der einen seite die auf die gärten rausgehen. Gegenüber sind wandteppiche mit wollenen bildern von bäumen und hügeln und rehen.

Der meister teilt uns in acht gruppen ein und wir jungs werden zwischen ihnen aufgeteilt.

Er stellt sich vor uns hin und sagt: Unser komponist hat ein musikstück für vierzig stimmen geschrieben, eine für jedes jahr des lebens Ihrer Majestät. Ihr seid jetzt acht chöre zu je fünf sängern und jeder von euch hat einen sopran, alt, tenor, bariton und bass. Die musik die er geschrieben hat wird ein klangfaden sein und die chöre reichen ihn sich gegenseitig zu. So etwas ist noch nie gemacht worden.

Er sagt: Bevor wir anfangen müssen wir beten für Gottes leitung und beistand.

Wir senken die köpfe, er spricht.

Als wir fertig sind muss er uns die wörter beibringen die wir singen sollen. Wir beginnen.

spem in alium nunquam habui

er lässt uns die wörter immer wieder gleichzeitig sagen wie einen gebetsgesang bis wir ihn kennen dann müssen wir ihn singen.

Und wir tun es immer und immer wieder. Aber dann sagt er halt.

Er sagt wir sollen es noch einmal singen aber diesmal wird es nur mit einer stimme beginnen dann fordert er eine andere stimme auf zu folgen und noch eine andere und er sagt allen wann sie einstimmen sollen. Und er sagt jeder stimme wann sie verstummen sollen.

Stimmen folgen stimmen und sie gehen rein und raus.

Der klang bewegt sich von sänger zu sänger und von chor zu chor und es ist als wären sie fäden die zu einem korb gewebt werden und sie werden zu einem muster zusammengenäht.

Sowas hab ich noch nie gehört und auch von den anderen auch keiner.

Als wir das erste mal durch sind vergesse ich dass ich gegen meinen willen weggebracht worden bin und man mich gezwungen hat hierher zu kommen

Zum ersten mal bin ich verloren aber will nicht gefunden werden.

An diesem abend bringt man uns in die kapelle fürs abendlied.

Wir gehen durch den kleinen hof, durch einen bogen und in den kreuzgang den grünes gras umgibt. Zwei holztüren gehen auf und lassen uns herein.

Die kapelle ist viel kleiner als die kathedrale. Aber wo die kathedrale ein feld aus stein war, ist das hier eine kiste voll edelsteine.

Da ist holz und farbe, die zwei chorgestühle liegen einander gegenüber und der altar ist eine wand aus holz. Der boden ist schwarzweiß und es ist farbe an den wänden. Die decke fühlt sich an als würde sie auf uns runterfallen. Sie hat überall goldene bögen und dazwischen ist sie tiefblau gemalt wie ein nachthimmel und am himmel sind goldsterne.

Wir betreten das chorgestühl und singen.

Ich schau zur kapellendecke hoch

Ich weiß dass es eine nachahmung des himmels draußen ist, derselbe himmel der über meinem zuhause mit dem lehmboden und strohbett und steinritze hängt. Derselbe himmel wie mein zuhause mit dir darin. Mit dir, Agnes.

Aber hier ist so viel und jedes geheimnis das ich verloren habe wird durch neue geheimnisse ersetzt.

Es ist dieselbe nacht und ich liege in meinem eigenen bett mit meinem eigenen kissen und meiner eigenen wolldecke und meinem eigenen kalten raum denn hier haben wir jungs jeder ein bett für sich und wir essen auch fleisch und wir essen fisch und wir haben tutoren die uns lesen und schreiben lehren und lernen jeden tag und wir haben alles was wir brauchen und wir werden behandelt als wären wir die rennpferde der königin.

Der ganze saal schläft nur ich nicht.

In der dunkelheit ist nur nachtstille und ich liege flach auf dem rücken und denke an die veränderungen die sich in meinem leben ereignet haben und wie ich von einem lehmboden zu diesem großartigen palastleben aufgestiegen bin, und vom zuhören beim vogelgesang zu dieser neuen musik die von den vierzig stimmen gewoben wird.

Aber dann beginnt etwas zu passieren und obwohl meine augen zu sind und ich zu schlafen versuche kann ich nicht. Irgendetwas wächst tief in meinem inneren und es ist als wäre mein bauch ein steinbruch und jemand versucht stein aus mir rauszukriegen.

Ich liege hier über die gefühlte dauer von fünf abendliedern und das bauchweh wächst und dann hab ich das gefühl ich muss scheißen. Ich steh auf und geh schnell raus auf den flur wo eine nachtfackel brennt und geh mit nackten kalten füßen so schnell wie möglich zur latrine wo noch eine nachtfackel brennt und ich setz mich aufs plumpsklo und es kommt alles raus als hätte ich was schlechtes gegessen und als ich fertig bin wisch ich mich mit dem moos aus dem eimer ab. Doch als ich aufstehe fühl ich mich immer noch nass zwischen den beinen und ich kann fühlen dass mein schmutzigweißes nass ist und ich halt es hoch und seh dass da rotes blut ist und ich schau nach wo es herkommt und es kommt zwischen meinen beinen raus. Es kommt aus meiner spalte.

Ich hatte beinah vergessen dass ich Ellyn bin, dass ich ein mädchen bin.

Der schmerz wird stärker und trifft mich mit aller kraft und ich muss mich vorbeugen dann geh ich auf die knie und falle zu boden wo ich mich auf der seite zusammenrolle mit angezogenen beinen.

Meine spalte blutet.

Ich versuche aufzustehen aber ich kann nicht also sag ich zu mir selbst bleib einfach liegen beweg dich nicht und dann hör ich eine stimme und es ist Philip der reingekommen ist und er steht neben mir. Er sagt John warum liegst du so zusammengerollt auf dem boden. Bist du krank?

Ich sage: Mit meinem bauch ist irgendwas nicht in ordnung.

Vielleicht hast du was schlechtes gegessen.

Vielleicht, sag ich obwohl ich weiß dass es das nicht ist aber ich kann ihm ja nicht sagen dass es meine spalte ist denn ich hab angst dass er nachschaut und sieht dass ich keinen schwanz habe und deswegen halt ich mir den bauch und zwing mich zum aufstehen.

Komm ich bring dich wieder ins bett, sagt er.

Er nimmt meinen arm und wir gehen zurück durch den flur und er schnappt sich eine nachtfackel und leuchtet den weg und ich geh in den raum mit den betten.

Alles in ordnung mit dir? fragt er.

Ja.

Ich kann bleiben und dich im auge behalten.

Nein ich muss schlafen.

In ordnung na dann ruf mich wenn du mich brauchst.

Er tätschelt mir die hand und dreht sich um und geht

und die fackel geht mit ihm und ich tauche wieder in die dunkelheit. Ich halte mir den bauch und hoffe dass das blut aufhören wird aus mir rauszulaufen. Ich hoffe ich werde nicht sterben.

Frühe Morgendämmerung und ich höre wie die jungs mich fragen was los ist mit mir und warum ich nicht aufsteh aber ich sag nichts und dann hör ich wie sie den raum verlassen und zum singen gehen. Ich roll mich auf der seite liegend zusammen und mein bauch tut immer noch weh und ich hebe mein nachthemd und mein schmutzigweißes und schiebe meine hand da unten hin. Ich fühle dass ein paar neue haare gesprossen sind und meine fingerspitzen fühlen die öffnung von meinem spalt und fühlen die nässe und als ich meine hand wieder rausziehe kann ich das blut sehen. Ich blute immer noch.

Ich wisch das blut an meinem schmutzigweißen ab dann schiebe ich meine andere hand rauf unter die stoffbinde und fühle die zwei hügel was auf meiner brust wachsen. Meine finger riechen nach alter haut an die lange keine luft gekommen ist.

Was einmal mein körper war fühlt sich nicht mehr so an. Alles was ich kannte hat sich verändert.

Die tür geht auf und Philip kommt herein und stellt sich neben mein bett und sagt: Bist du immer noch krank?

Ja.

Er setzt sich auf die bettkante und sein gewicht zieht die rosshaarmatratze runter.

Was ist es denn? fragt er

Ich glaube es muss was sein was ich gegessen hab aber ich werd schon wieder gesund.

Vielleicht hast du einen empfindlichen magen.

Vielleicht.

Kann ich dir irgendwas bringen?

Nein. Ich steht jetzt auf.

Er nickt. In ordnung sagt er. Also wenn es irgendwas gibt was du brauchst dann bring ich's dir.

Danke.

Er berührt meine hand was auf der wolldecke liegt und als ich runterschau seh ich dass ich immer noch blut auf meiner hand habe aber er sieht es nicht.

Er nimmt seine hand weg und sagt: Ich hoffe, es geht dir bald wieder besser. Dann steht er auf und geht aus dem zimmer.

Als ich wieder allein bin schieb ich die wolldecke zurück und zieh das nachthemd und das schmutzigweiße hoch. Das neue haar ist rot und man sieht blutschmierer auf meinen zwei beinen ganz oben wo sie zusammengehen. Ich steh auf und stell mich hin und meine beine sind schwach wie vaters beine. Es fühlt sich an als würde ich auf zwei federn stehen deswegen halt ich mich am bett fest um das gleichgewicht nicht zu verlieren und ich ziehe mein graues nachthemd aus und steck es zwischen meine beine und wisch mich ab dann versteck ich es unterm bett.

Ich nehm meine hose und zieh sie an und es ist gut dass sie rot ist denn dann kann man den fleck nicht sehen.

Es ist spät und wir haben den ganzen tag im großen saal geübt. Jetzt haben wir alle zeilen in unseren köpfen.

domine Deus
creator caeli et terrae
respice humilitatem nostram

Wir geben die zeilen vom einem chor zum andern weiter, von einem sänger zum andern.

Ich steh auf um zu singen aber mein bauch fühlt sich an als würde er auf den boden fallen, ein schweres gewicht zieht mich nach unten.

Ich singe von gott und zu gott aber er bringt das bluten nicht zum aufhören.

Obwohl wir den ganzen tag gesungen haben, gibt es keine pause. Es ist zeit fürs abendlied und deswegen gehen wir in unserem roten gewand durch den sonnenbeleuchteten kreuzgang weiter zur kapelle wo wir unsere plätze in den holzsitzen einnehmen.

Ich lehne mich zurück und fühle wie sich das geschnitzte gesicht der miserikordie in mein kreuz drückt.

Bevor wir anfangen gibt es mehr bewegung als gewöhnlich denn die leute schlurren hin und her und schauen sich um. Ich sehe auch den meister einen schnellen blick nach oben werfen dann wieder nach unten und ich folge dem weg seiner augen und sehe dass er zum balkon geschaut hat von dem aus man uns alle sehen kann. Dort stehen zwei männer mit halskrausen, ihre hände ruhen auf dem holzgeländer.

Der gottesdienst beginnt und wir hören dem gebet zu dann fangen wir an zu singen. Ich schau noch mal nach oben und sehe dass jetzt drei leute da stehen. Jemand ist zwischen die zwei männer geschlichen und lehnt sich vor, seine arme auf dem geländer und seinen kopf auf den armen aufgestützt.

Es ist eine frau.

Ihr gesicht ist blass und schmutzigweiß und ihr haar ist dasselbe wie mein haar, ist die farbe von goldenem korn, der sterbenden sonne.

Ich weiß wer das ist.

Danach haben wir alle eine halbe stunde für uns und ich folge den jungs aus dem hof und durch den bogen zum fluss. Sie heben steine auf und werfen sie und schauen wer es schafft sie auf der wasseroberfläche springen zu lassen und je flacher der stein umso öfter berührt er die wasseroberfläche. Ich steh daneben und schau zu, weil ich angst habe mich zu bücken, denn ich fühle das nasse zwischen meinen beinen, fühle den schmerz.

Ich hör wie mein name gerufen wird und als ich mich umschaue sehe ich Philip auf mich zukommen.

John, sagt er, ich muss dir was mitteilen.

Was?

Der meister hat gesagt dass Ihre Majestät die königin verkündet hat wie außergewöhnlich zufrieden sie mit ihrem neuen chorknaben ist.

Ich sage und wer ist das?

Er lacht. Er sagt: Du. Du bist das, John Pitcher

Ich?

Ja, du. Anscheinend sagt sie dass deine stimme sehr gut ist und dass es sich gelohnt hat dich von so weit her zu holen.

Ich zwick mich selbst. Es tut weh.

Die nächsten zwei Tage kommt noch blut raus und wir setzen uns hin zum lernen und wir stellen uns hin zum singen. Wir singen immer und immer wieder, nehmen zeilen auf und lassen sie wieder fallen, geben sie von chor zu chor weiter, als würden wir uns die musik gegenseitig zuwerfen und auffangen.

Wir setzen die stücke zusammen und singen es zum ersten mal ganz durch, alle vierzig sänger. Erst stellen wir uns in hufeisenform auf, dann fangen wir an.

spem in alium nunquam habui.

Der klang beginnt in einer stimme und wird dann ergänzt und herumgereicht. Er wird aufgenommen und wieder fallen gelassen und er wird höher und tiefer und dann kommen die ganze zeit noch andere stimmen dazu und gehen wieder. Manchmal singen vierzig stimmen alle gleichzeitig. Die stimmen fallen weg, fallen zurück, und wir rufen einander und dann bauen wir wieder alle stimmen auf bis der große saal mit klang erfüllt ist und dann hören wir auf und es ist zu ende. Es dauert lange bis der letzte klang stirbt.

Die drei männer tauschen blicke. Sie nicken alle.

Der Meister sagt: Wir sind bereit.

In dieser Nacht liegen wir alle im Zimmer mit den Betten und dem viereckigen Fenster mit dem dicken Glas was mit schwarzer Nacht gefüllt ist.

Wir wissen, was wir morgen tun werden. Wir wissen, für wen wir singen werden.

Niemand kann schlafen vor Aufregung und die Jungs unterhalten sich alle, das Zimmer ist erfüllt von Geräuschen und sie steigen aus dem Bett und gehen wieder hinein, bloß ich nicht, denn ich liege in meinem eigenen Bett. Ich lausche ihnen, dem Steigen und Fallen ihrer Stimmen die das Muster eines Herzschlags haben.

Während sie tun, was sie tun, liege ich hier und denke nach.

Ich denke über eine Sache nach. Dich.

Sogar in diesem Zimmer hier mit der flackernden Flamme, mit den Herzschlag-Jungenstimmen, sogar hier bist du noch mit mir in meinem Kopf und ich frage mich, ob du wohl schon aus dieser Kiste krabbelst und über den festgestampften Lehmboden zur Türschwelle, wo du rausschauen wirst und das Grün des Hausfelds und den Kuhstall und den Hügel und die Grenzen deines Lebens sehen wirst.

Ich wünschte, du könntest hier sein, um mich zu sehen und mich singen zu hören.

Ich wünschte, du könntest wissen, was ein Mädchen schaffen kann.

Ich denke an unsere zwei Welten: In dieser Welt hab ich mein eigenes Bett und meinen vollen Bauch, es ist eine Welt voll Gänsehaut machender Musik und Schönheit. In deiner Welt ist Erde und Schlamm und Scheiße.

Es ist nicht gerecht.

Ich mach die Augen zu.

Weil ich an dich gedacht habe, sind mir andere Frauen in den Sinn gekommen. Es reicht eine ununterbrochene Kette von uns Mädchen zu Frau zu Frau, die in der Vergangenheit durch alle toten Frauen geht und in die Zukunft zu den ungeborenen Töchtern.

Weil ich an dich gedacht habe, denke ich an Mutter, was sie sagte, als wir auf der Straße zur Singschule nebeneinander hergingen, dass es ungerecht war, dass ich das hier tun konnte, denn sie konnte es nie.

Ich wünschte, ich könnte etwas für sie ändern. Wünschte, ich könnte die Krone der Königin nehmen und ihr Kleid und ihre Schuhe und Spitzen und sie Mutter anlegen, ihre Füße in die Lederschuhe gleiten lassen. Ich wünschte, ich könnte ihre Hände mit einem Lappen waschen und den Schmutz unter ihren Fingernägeln entfernen.

Und ich wünschte, ich könnte der Königin Mutters Unterkleid und Überschürze geben, mit den Läusen in den Nähten. Ich wünschte, ich könnte Schmutz unter jeden ihrer Fingernägel schieben und ihr eine Efeukrone auf den Kopf setzen.

Zwei Frauen.

Die Tür geht auf und die Jungs verstummen und meine Gedanken kommen ebenfalls zum Stillstand.

Da steht ein Schatten auf der Schwelle und eine Stimme spricht. Philip. Er sagt, Ich kann euch alle hören. Er sagt, Ihr solltet schlafen, Jungs.

Ein Junge sagt, wir versuchen zu schlafen, dann furzt ein anderer Junge laut und lacht und sagt sogar mein Bauch ist nervös.

Philip tritt ein bisschen näher heran und setzt sich auf mein Bett weil es am nächsten an der Tür steht, und er sagt: Wisst ihr, ich verstehe schon, dass ihr nervös seid, aber vergesst nicht dass ihr alle ausgewählt worden seid, weil ihr die besten seid und wir haben geprobt und alles wird gutgehen.

Ich schaue zum Fenster und sehe das Glas und den Mond dahinter in seinem silbernen Sein, derselbe, der auf unser Heim im Hausfeld herunterschaut, derselbe Mond, der durch die Ritze im Stein glitzert.

Philip tätschelt meine Umrisse durch die Wolldecke und sagt: Gut, werdet ihr jetzt alle schlafen?

Ein Chor aus Jungs ruft zurück: Ja, und alle gleichzeitig.

Am nächsten Morgen glaub ich, dass die Sonne weiß, was passieren wird, denn sie ist so dick und stark wie du am Tag deiner Geburt, Agnes.

Ich gehe zur Latrine und pisse und wische mit Moos das letzte Blut zwischen meinen Beinen raus, dann ziehe ich mich an.

Wir haben einen Tag frei und deswegen essen wir, wir lernen, wir üben unser Musikstück, wir sagen die Jahreszahlen vergangener Könige auf. Nach dem Mittagessen haben wir eine letzte Probe. Als der letzte Teil gesungen ist und die Noten sich gelegt haben, gehen wir raus auf die Wiese am Fluss um uns die Beine zu vertreten und die Nervosität aus unseren Körpern zu vertreiben.

Draußen ist es kälter. Der Himmel ist schwach blau und der Fluss darunter ist ganz still. Vögel fliegen von den Zweigen weg und wieder zu ihnen hin, und der Boden ist bemalt mit herabgefallenen Blättern.

Die Jungs fangen alle an das Spiel zu spielen, wo die eine Hälfte am einen Ende steht und die andere Hälfte am anderen Ende und dann müssen sie aufeinander zu rennen und ringen, bis die Schultern des Gegners den Boden berühren. Aber ich hab Angst zu rennen, weil ich befürchte, dass meine Spalte wieder aufbrechen könnte, und deshalb rühr ich mich nicht und schau nur zu, obwohl ich wieder dieses Feuer fühle, das mir in den Knochen beider Beine brennt.

Philip berührt mich am Arm. John, sagt er.

Ich drehe mich zu ihm um und er steht im Licht der Sonne die ihm einen perfekten glänzenden Kreis aufs Haar malt.

Was machst du? fragt er.

Nichts, sag ich.

Er lächelt und fragt: Geht es dir gut, fühlst du dich gesund?

Ich zwinge mich zu einem Lächeln und sage, dass es mir gut geht.

Aber du machst gar nicht mit.

Ich weiß, sage ich. Ich habe ein bisschen Kopfweh, ich glaube, das kommt von der Aufregung vom Singen.

Lass mich mal fühlen.

Seine Hand ist zu mir ausgestreckt und er legt sie flach auf meine Stirn und seine Handfläche ist kühl und trocken wie ein Blatt.

Du fühlst dich gar nicht heiß an, sagt er.

Dann nimmt er seine Hand weg und sagt: Wahrscheinlich erholst du dich immer noch von deiner Krankheit.

Ja, glaub ich auch.

Er sagt: Ich hoffe, du fühlst dich gut genug, um stolz auf dich zu sein.

Ich? Stolz?

Deine Stimme ist von ihr gelobt worden.

Er streckt den Arm aus und nimmt meine Hand in seine kühle, trockene Hand. Er fährt fort:

Das kommt nicht so häufig vor. Sie sagt das nicht von allen ihren Chorknaben.

Ich versuche meine Hand zu mir zurückzuziehen, aber er hält sie zu fest.

Ich bin stolz auf dich, sagt er. Wer hätte das gedacht, dass ein Landjunge von einem kleinen Bauernhof eines Tages am Geburtstag der Königin für sie singen würde.

Er hat meine Hand umgedreht und fährt mit dem Finger durch die Mitte meiner Handfläche.

Du hast immer noch Schwielen, sagt er. Du hast zu viel auf dem Hof arbeiten müssen und nicht genug gespielt.

Ich ziehe meine Hand weg und diesmal lässt er los.

Er lächelt mich an und sagt: Du weißt, dass du immer zu mir kommen kannst, wenn du irgendwas brauchst, egal was, es wird mir immer eine Freude sein, dir zu helfen. Wenn du dich ausgeschlossen fühlst oder verloren, weißt du, dass du immer zu mir kommen kannst.

Ich gehe jetzt zu den anderen Jungs.

Hast du mich gehört? fragt er.

Ja, sage ich. Ich habe dich gehört.

Du weißt, dass deine Stimme etwas ganz besonderes ist.

Wir sind alle besonders, sage ich.

Er lacht und sagt: Einige sind noch besonderer als die anderen.

Ich sage: Das glaube ich nicht.

Und das stimmt auch, denn ich bin nicht wichtiger als er oder die anderen Jungs und ich bin nicht wichtiger als du, Agnes, obwohl du jetzt erst anfängst auf deinen eigenen Füßen zu stehen, und sie, die Frau mit dem weiß angemalten Gesicht ist nicht wichtiger als Mutter.

Ich sage: Ich muss jetzt spielen gehen, und ich renne weg zu den Jungs auf meinen zwei starken Beinen und wenn meine Spalte aufbricht und blutet, dann blutet sie eben.

Der größte Junge sieht mich auf sie alle zurennen und er ruft laut: Komm, John, komm auf meine Seite.

Die andere Seite rennt auf ihn zu und jetzt rennen sie auf mich zu, aber ich weiß genau, was ich mit ihnen machen werde. Und ich tu es auch.

Die Sonne ist unter die Bäume gefallen. Es wird Zeit hineinzugehen.

Wir gehen in die Latrinen, um uns den Schlamm von den Beinen zu waschen, den Dreck unter unseren Nägeln rauszukriegen, hinter den Ohren und um unsere Hälse. Man hat Scheren hervorgeholt und schneidet uns die Haare.

Wir bürsten unsere neuen roten Tuniken über und ziehen unsere Hosen an und jeder Goldknopf wird poliert.

Wir gehen zu unserem Klassenzimmer und wärmen unsere Stimmen auf.

Und dann befiehlt man uns mitzukommen und wir stellen uns auf den Hof, wo sich die erwachsenen Sänger und der Assistent und der Meister und der Komponist zu uns gesellen.

Vor dem großen Saal stehen wir in einer Reihe und ausnahmsweise sagen wir kein Wort und unsere Körper beben vor wild rasenden Nerven und Herzen und spielen Musik in unseren Brustkörben.

Dann öffnen sich beide Türen gleichzeitig und zwei Männer in Blau kommen heraus und halten sie auf und wir treten einer nach dem anderen ein.

Zuerst halten wir unsere Blicke streng geradeaus gerichtet, wie man uns angewiesen hat, dann drehen wir uns, um die Hufeisenform zu bilden. Vor uns stehen Stuhlreihen und in der Mitte ist ein Stuhl, der größer ist als die anderen, und da sitzt sie, mit ihrem weißen Gesicht und ihrem goldroten Haar und ihrem roten Kleid, die Spitze quillt an allen Ecken und Enden heraus, Saum, Hals, Handgelenke.

Wir stehen in unseren roten Tuniken in unseren Chorgruppen zu fünft und wir kreisen sie ein.

Sie schaut uns alle an, ihre Augen bewegen sich über die Reihe. Sie lächelt und sagt: Was soll das werden?

Niemand antwortet.

Sie schaut zum Komponisten, der seine Hände in die Luft hebt, wo sie hängen bleiben wie halb herabgefallene Blätter.

Alle Körper im Saal werden ganz still.

Wir atmen.

Dann fangen wir an.

Die einzelnen Stimmen beginnen und dann stimmen immer mehr und mehr ein. Der Klang erscheint und verschwindet wieder, und er bewegt sich wie Wasser, das niemals still ist und man kann unmöglich sagen, was die Musik ist, denn sie verändert sich ständig und es klingt, als würde der Himmel singen, als würden die Sonne und der

Mond geboren werden und sterben, als wären wir alle in einem Wald und jeder Baum würde singen, als würden die ersten Vögel am Morgen uns zurufen, wir sind alle noch da.

Es gibt Echos, Muster.

Und dann, als wir uns dem Ende nähern, vereinen sich alle unsere Stimmen zu den letzten Noten, und es ist, wie wenn alle Vögel in willkürlichen Mustern fliegen und dann vereinen sie sich doch und bewegen sich am Himmel wie einer und dann landen sie alle gleichzeitig.

All die Stimmen kommen zurück in unsere Körper und wir schließen die Münder.

Sie schweigt, sie starrt nur geradeaus mit ihrem schmutzigweißen Gesicht.

Dann sagt sie: »Ich hab noch nie etwas so Schönes gehört.«

Und wir alle wissen, dass es stimmt.

Es ist die gleiche Nacht und ich bin im Zimmer mit den Betten.

Mein Bauch ist voll mit Essen und fühlt sich an, als könnte er jeden Moment platzen und mir ist ganz schwindlig im Kopf wegen dem Wein, den Philip uns zur Belohnung gegeben hat. Es ist spät, aber der Abend ist immer noch bei mir in kleinen Kopfbildern – wir sitzen alle um den Tisch und Philip klatscht in die Hände und ruft *trinkt trinkt* und all unsere Gesichter sind von Kerzen erleuchtet, mit ihrem Schein und ihren Schatten. Und er ruft ganz laut *wir haben's geschafft wir haben's geschafft* und wir singen alle zurück laut wir haben's geschafft wir haben's geschafft, als ob wir die Musik singen würden und sie von Stimme zu Stimme weitergeben würden. Und ich weiß noch, wie wir auf den Bänken standen und unsere Münder öffneten und lauter sangen, als wir es für möglich gehalten hätten.

Und dann kommen der Meister und sein Assistent und der Komponist ins Zimmer und wir rufen ihnen Beifall zu und sie danken uns und gratulieren uns und noch mehr Gläser werden gehoben und andere werden auf den Boden fallen gelassen und zerbrechen.

Und zerbrochenes Glas und eine zerschnittene Hand. Und Blut.

Und später, als wir auf der Wiese am Flussufer liegen und uns die Kälte langsam in die Körper kriecht, schauen wir in den klaren schwarzen Himmel und seine Sterne, als wäre es die Decke der Kapelle. Und wir liegen da, mit unseren Köpfen auf den Bäuchen der anderen, wie eine Gruppe junger Hunde, und einer von uns fängt an zu lachen und der nächste fühlt das Lachen unter seinem Kopf und er fängt auch an zu lachen und dann fühlt es der nächste

Junge unter seinem Kopf und so wird das Lachen vom einen zum nächsten weitergegeben.

Und dann stehen wir auf und stolpern zurück in den Hof, zurück zu unseren Zimmern zu unseren Betten, und sagen, dass wir diesen Tag nie vergessen werden.

Und jetzt bin ich hier mit Schwindelkopf in diesem Zimmer mit den Betten und ich denke an ihr Gesicht und wie sie gesagt hat, dass es das Schönste überhaupt war, und ich überlege, was als nächstes mit mir passieren wird, nachdem wir nun getan haben, wozu ich hergebracht wurde. Ein Gedanke kommt mir in den Sinn:

Ich bin ein Mädchen.

Ich weiß es und habe es immer gewusst, aber jetzt ist es echt.

Wenn ich hier bleibe, werden sie merken, dass ich ein Mädchen bin, denn mit der Zeit und meinem schwellenden Körper und meinem haarlosen Kinn und meiner ungebrochenen Stimme wird von Tag zu Tag klarer sein, dass ich kein Mann werde. Und wenn ich zurück nach Hause gehe, in die Welt von Schlamm und Milch und Scheiße, was werde ich tun, jetzt wo ich weiß, wie viel mehr es außerhalb dieser Welt gibt. Ich kann nicht zurückgehen und so tun, als wäre es genug.

Während ich mitten in Gedanken bin, geht die Tür langsam auf und in der Dunkelheit ist ein Rechteck aus Licht zu sehen. Und im Inneren dieses Rechtecks zeichnet sich der Umriss einer Gestalt ab und dieser Umriss bewegt sich auf mich zu.

Ich fühle, wie sich ein Gewicht auf mein Bett lehnt, und dann höre ich ein Flüstern.

John.

Ich sage nichts, aber da kommt es wieder.

John.

Also spreche ich. Ich sage: Was?

Komm mit. Jemand möchte dich sehen.

Ich sage: Ich kann nicht kommen. Ich sage: Ich schlafe gerade.

Das Flüstern sagt mir ins Ohr: *Na los schnell du musst kommen.*

Also schiebe ich die Wolldecke zurück und steige aus dem Bett und stelle mich auf den Boden und ich trage immer noch meine rote Tunika und rote Hose und dann fühle ich, wie eine Hand meine ergreift und die Haut ist warm und die Haut ist trocken.

Ich weiß, wer es ist.

Die Hand fängt an, mich auf das Rechteck aus Licht zuzuziehen, dann raus auf den Flur, wo die Nachtfackeln brennen.

Wohin gehen wir? frage ich.

Pscht, sagt er. Keine Fragen. Komm schnell, er wartet auf dich.

Die Schatten bewegen sich auf den Mauern und auf dem Boden und die Nachtluft ist kühl. Ich folge ihm barfuß durch die Flure hinaus auf den Hof. Wieder frage ich: Wohin gehen wir? aber er sagt nichts, zieht mich durch den Bogengang und in den Kreuzgang. Der Mond ist draußen, der Mond beobachtet uns. Silberne und schwarze Schatten ruhen auf Wänden und Boden.

Er geht zu den zwei Holztüren und macht eine auf und zieht mich durch, dann schließt sich die Tür hinter uns. Der Klang der sich schließenden Tür echot durch die Gänge.

Wir sind in der Kapelle. Hier sind keine Fackeln, keine Kerzen, nur der Mond, der durchs Fenster scheint.

Nur wir zwei sind hier.

Ich schaue Philip an. Ich sage: Also, wer will mich sehen?

Er schaut sich in der Kapelle um und sagt: Oh, das ist ja seltsam, hier ist gar keiner. Anscheinend ist er gegangen.

Ich wende mich zum Gehen, da sagt er: Was machst du denn?

Ich sage: Ich bin müde, also gehe ich wieder zurück ins Bett.

Nein, geh nicht, sagt er. Komm, wir setzen uns her und ruhen uns aus, wenn du müde bist.

Er nimmt meinen Arm und zieht mich zu einer Holzbank und schubst mich als erstes hinein, dann setzt er sich hin, so dass wir nebeneinandersitzen, aber ich nicht mehr hinauskann. Das Holz ist hart unter mir und mein Geist ist immer noch voller Wolken, und ich will nur wieder in meinem Bett liegen, mit dem Glasfenster zwischen mir und dem Mond, und den Geräuschen der schlafenden Jungs zuhören, aber jetzt bin ich hier gefangen, denn hier führt nur ein Weg hinaus und der geht an ihm vorbei.

Er hat eine Weile geschwiegen, aber jetzt sagt er: Die Musik war monumental, oder?

Ich sage: Ich weiß nicht, was dieses Wort bedeutet.

Es bedeutet, dass sie mehr als schön war. Es bedeutet, dass sie exquisit war.

Das war sie, sage ich.

Und ich muss dir sagen, dass die Königin sich auch als begeistert bezeichnete.

Oh, gut, sage ich.

Dann schaue ich mich um. Ich frage: Wer wollte mich sehen?

Als er spricht, beantwortet er die Frage nicht. Er spricht

hastig und er sagt: Das Leben hier ist gut, John, ein guter Ort zum leben, und vielleicht wirst du auch so lang bleiben wie ich. Niemand kann vorhersagen, wie deine Stimme nach dem Stimmbruch sein wird, ich meine, manche singen nie wieder, aber andere finden eine neue Stimme und du weißt ja, ich war auch mal einer von euch Chorknaben und jetzt bin ich ein Gentleman der Kapelle und es ist ein ganz anderes Leben als das, was ich mir für mich vorgestellt hatte, aber es ist außergewöhnlich.

Dann streckt er den Arm aus und nimmt meine Hand in seine Hand. Er streichelt sie.

Er sagt: Man kümmert sich hier um dich und du bist sicher hier.

Dann spürt er die raue Haut auf der Innenseite meiner Hand und ich kann im Mondlicht erkennen, dass er mich anschaut und lächelt und er sagt: Du hast wirklich schwer gearbeitet, bevor du gekommen bist, nicht wahr? Du musst ja stundenlang körperliche Arbeit verrichtet haben.

Hab ich auch, sag ich.

Das Leben eines Landjungen, sagt er.

Er drückt meine Hand. Ich versuche, sie wegzuziehen, aber er hält sie nur fester. Er umklammert sie.

Er sagt: Du wirst nie wieder solche Arbeit tun müssen, wenn du hier bleibst. Du wirst versorgt und geschätzt. Du wirst jeden Tag Fleisch essen und dein eigenes Bett haben.

Er bohrt seinen Finger in die Mitte meiner Handfläche.

Verstehst du? fragt er.

Wieder versuche ich, meine Hand wegzuziehen, aber wieder hält er sie in steinernem Griff fest.

Was hast du denn, John?

Nichts, sage ich. Ich bin bloß müde. Ich brauche ein bisschen Schlaf.

Ich will aufstehen, aber er zieht mich wieder runter und ich bin wieder auf der Holzbank. Und jetzt hat sich irgendwas verändert und ich will hier raus, wirklich raus, aber ich bin eingesperrt und die einzige Möglichkeit, hier rauszukommen, ist, mich an ihm vorbeizuschieben. Er sagt: Geh nicht, lauf nicht weg, das ist doch nicht nötig.

Und seine Stimme klingt jetzt wie Butter.

Schau, sage ich, du hast gesagt, jemand wollte mich treffen, aber hier ist niemand, also gehe ich jetzt.

Sein Griff um mein Handgelenk wird noch fester und sieht aus wie eine Fessel.

Bitte, sage ich, ich bin müde und muss schlafen.

Er sagt: Der Meister wollte dich treffen und er könnte jeden Augenblick zurückkommen, und was, wenn er zurückkommt und du bist nicht da?

Dann kannst du ja kommen und mich holen.

Er wird die Rute benutzen und das willst du doch nicht, oder? Und du weißt, dass ich mich um dich kümmere und dich beschütze.

Bitte, sage ich. Ich stehe wieder halb auf und versuche mich an seinen Beinen vorbeizuschieben, aber sie rühren sich nicht vom Fleck, und er steht auch halb auf und stößt mich zurück aufs harte Holz.

Nein, sagt er. Seine Stimme ist nun wie ein Peitschenschlag und nicht mehr wie Butter.

Ich schaue ihn an und sehe das Weiße in seinen Augen im Mondlicht.

Dann legt er seine Hand genau auf die Vorderseite meiner Hose und legt seine andere Hand auf meinen Kopf, seine Finger sind in meinen Haaren und er stößt mich zurück.

Ich schreie: Hör auf.

Aber er hört nicht auf und seine Hand reibt die Vorderseite meiner Hose und er sagt: Das wird sich gleich richtig gut anfühlen, hör auf, dich zu wehren.

Das sind genau seine Worte. Hör auf, dich zu wehren.

Aber das ist es ja gerade. Er weiß nicht, wer ich bin. Er weiß nicht, wie es für mich war, mit meinem Bruder Tomas zu leben. Und jetzt kommt es, das rote Hochkochen von Blut in meinen Augen. Hier kommt sie, die Person, die vorher da war, das Mädchen, das in Scheiße und Erde und Milch aufgewachsen ist. Hier kommen sie, die dicken Adern, das harte Herz. All dies, die Betten mit ihren Wolldecken, die Gabeln im Speisesaal, die Messingknöpfe, das Rezitieren lateinischer Psalmen, der Engelsgesang – das war alles nur Lack. Das hier bin ich. Dieses Tier hier.

Ich lege ihm zwei Hände auf die Brust und stoße ihn weg und er stolpert zurück und ich stehe auf.

Bloß dass er auch ein Tier ist.

Er ist ein Tier und er ist ein ausgewachsener Mann und er schubst mich sofort zurück und ich schlage mir das Kreuz am Holz der Bank an und er ist ganz dicht vor meinem Gesicht und er atmet mich an und er drängt sich selbst auf mich. Und seine Hand presst mich runter und sein Gewicht ist auf mir und sein Gesicht ist in meinem und sein Mund auf meinem und er drängt sich zwischen meine Lippen und seine Zunge ist Lederfleisch und ich weiß mir nur einen Rat.

Ich sage zu ihm: Du musst das nicht machen.

Ich sage zu ihm: Du kannst haben, was du willst.

Er weicht zurück und gestattet mir, mich an ihm vorbeizuschieben. Ich stelle mich auf den kalten Boden und er beobachtet mich und im Licht des Mondes sind seine Augen wie Silber. Er sieht aus, als hätte er seit der letzten Ernte nichts mehr zu essen bekommen.

Ich halte meine rote Tunika mit der rechten Hand fest. Ich ziehe daran, bis sie vom untersten Knopf aufgehalten wird, ich drehe, bis das Knopfloch über das Messing gleitet und die Tunika beginnt sich zu öffnen. Meine Hand wandert den Stoff hoch, tastet nach dem nächsten Messingknopf.

Die ganze Zeit schaue ich in seine Mondaugen.

Einen Knopf nach dem anderen schiebe ich behutsam durch die engen Knopflöcher im roten Stoff, und als ich fertig bin, hängt meine Tunika offen an mir und zeigt das Weiß meines Hemdes. Ich schüttle den roten Stoff von den Schultern und lasse ihn zu Boden fallen.

Ich weiß, was er erwartet.

Ich weiß, dass er den Atem anhält, während die Vorfreude wächst. Ich weiß, dass sie ihn völlig beherrscht.

Ich taste nach den Knöpfen an meiner Hose und mache sie langsam einen nach dem anderen auf, ich fühle, wie die zwei Lederknöpfe ganz leicht durchs Material schlüpfen. Der Hosenlatz gähnt offen. Ich lege meine Hände an den Bund meiner Hose und ziehe sie runter, steige aus ihr heraus. Ein Bein, dann das andere Bein.

Meine nackten Füße sind kalt auf dem Boden und meine Beine sind nackt und fühlen die kalte Luft.

Ich nehme den Saum meines weißen Hemds in beide Hände und ziehe es nach oben, bis es hoch über meinem Kopf ist und meine Augen können nichts sehen, aber ich ziehe weiter, und dann gleitet es über Hals und Kinn, bis mein ganzer Kopf auftaucht, und ich sehe die Kapelle wieder, sehe ihn wieder, seine zwei Augen. Raus aus dem linken Ärmel, raus aus dem rechten. Das Hemd ist in meinen Händen und ich werfe es auf den Boden.

Da ist noch mehr.

Das Hemd darunter ist schmutzigweiß und es ist mein schmutzigweißes Unterkleid und das ist von mir, Ellyn. Ich wende ihm meinen Rücken zu und nehme den Saum von meinem Schmutzigweißen in meine zwei Hände und ich ziehe es auch über meinen Kopf, ziehe diese Ärmel auch von meinen Armen.

Er kann meinen Arsch im Mondschein sehen.

Ich wende ihm weiterhin den Rücken zu und ziehe an dem Stoff, den ich mir um die Brust gewickelt habe, und ich wickle ihn komplett ab, bis ich nackt bin. Ich drehe mich ins Mondlicht.

Ich drehe mich zu ihm. Ich zeige ihm meinen Körper. Ich zeige ihm meine Fischsilberhaut.

Und jetzt sieht er. Meine zwei Schwellungen, mein goldenes Haar da unten, er sieht, dass ich eine Spalte habe und er sieht die roten Flecken von dem Blut, das aus mir gekommen ist und an meinen zwei starken Oberschenkeln herabgelaufen ist.

Ich sehe den Blick auf seinem Gesicht. Und dann schaue ich selbst an mir herunter.

Und das, Agnes, ist was ich sehe:

Meine zwei Beine sind so stark wie zwei Bäume und meine Brüste sind so frei und hoch wie die Hügel zu Hause. Unter meinen Armen und zwischen meinen Beinen wächst Haar wie ein Gestrüpp. Das Blut ist ein Fluss auf meinen Oberschenkeln.

Es ist der Körper einer Frau.

Ich bin eine Landschaft, eine Welt.

Und ich weiß, dass im Inneren meiner Spalte noch mehr ist – da ist noch eine andere verborgene Welt. Und ohne diese Welt gibt es keine Welt.

Er reagiert sofort.

Er wendet sich ab von meinem Anblick und seine Stimme ist so kalt wie der Boden unter meinen Füßen und er sagt: »Du bist widerlich.«

Er hebt meine Tunika auf und wirft sie mir zu. Er ruft: »Bedeck dich gefälligst, du dreckige blutige Fotze.«

Er schaut weg.

»Jetzt sofort«, sagt er.

Ich bücke mich und hebe den Stoff auf, wickle ihn um meine Brust und ziehe meine zwei Hügel wieder zurück ins Flachland. Ich hebe mein Schmutzigweißes auf und ziehe es darüber, so dass ich wieder versteckt bin. Ich steige in meine Hose, knöpfe die zwei Lederknöpfe zu, schiebe mein Schmutzigweißes rein, meine Stoffhaut.

Als nächstes mein weißes Hemd und dann die rote Tunika. Ich schiebe meine zwei Arme hinein und zwänge jeden Messingknopf durch seinen engen Schlitz.

Ich bedecke meine ganze Haut und gehe zurück in den Körper eines Jungen.

Und als ich wieder John bin, kann er sprechen. Er sagt: »Verpiss dich von hier.« Jedes Wort spuckt er in die dunkle Mondluft.

Ich wende mich der Tür zu.

»Wo gehst du hin?«

»Ins Bett.«

»Nein.«

Er hat sich schnell bewegt wie eine Katze und fängt an, mich mit seinen zwei Händen zu den Türen zu schubsen, und ich versuche, ihn zurückzuschubsen, aber er ist stark und schwer und er treibt mich Schritt für Schritt vor sich her. »Raus«, sagt er. Bei jedem Schubser sagt er es. »Raus.« »Raus.« »Raus.«

Und dann sind wir vor den Türen der Kapelle. Jedes Mal, wenn seine Hände mich berühren, schubst er mich grob und es tut weh und es ist eine Prellung und ich kann mich nicht wehren und ich kann nur versuchen, das Gleichgewicht zu halten und nicht zu fallen.

Er schubst mich vor sich her durch den Kreuzgang. Durch den Bogengang. Er schubst mich geradewegs über den Hof, über die Pflastersteine und die Pferdescheiße, vorbei an den Feuern, die immer noch brennen.

Er schubst mich zu den großen Holztoren. Zwei Wachen in Blau stehen neben den Toren und halten Nachtwache und Philip sagt zu ihnen: »Macht auf.«

Einer von ihnen antwortet: »Ja, Sir«, und öffnet die zwei Tore und wir stehen draußen.

Wir sind beim Fluss, weit weg von allen Augen und Ohren. Man hört nur die Nachtstille und das fließende Wasser – der Mond gleitet lautlos über den Himmel.

Ich kann hören, wie er einatmet, ausatmet, ein, aus. Es ist das Geräusch des Zorns, der aus seinem Körper rausmuss. Wir sind umgeben von Luft.

»Was tust du?«, frage ich.

Er sagt nichts. Ich weiß nur noch, dass irgendetwas aus der Dunkelheit kommt. Dann fühle ich es. Dann weiß ich, was er tut. Eine Faust in meinem Gesicht. Ein Knöchel in meinem Auge.

Ich mache einen Schritt nach hinten, aber er geht wieder auf mich los und haut mich in die Brust. Wieder, eine Faust auf meinem Arm, und es fühlt sich an, als wäre sie durch meine Haut gedrungen.

Ich trete zurück, erwische die Pergamenthaut auf seinem Schienbein.

Er packt mein linkes Handgelenk, mein rechtes Handgelenk und er ist so viel stärker als ich. Er hält meine beiden Hände fest und dann stößt er mich zu Boden und tritt mich in die Seite immer und immer wieder und es nimmt mir den Atem.

»Hau ab, du Drecksfotze«, sagt er.

Und dann ist er verschwunden.

Von der Stelle, an der ich liege, kann ich den dunklen Umriss des Palasts sehen und die einzelne Flamme draußen.

Ich schau ihm nach, wie er weggeht, und ich sehe wie er sich mit den Händen über die Tunika wischt und sein Haar glattstreicht. Er betritt den Palast und dann schließen sich die Türen.

Ich liege, wo ich liege.

Ich bin keine Drecksfotze.

Alle Körperteile tun mir weh und ich hab Angst, mich zu bewegen. Dunkelheit kommt, als eine Wolke über den Mond zieht.

Ich stehe langsam auf, prüfe meine Beine und Arme und vergewissere mich, dass nichts gebrochen ist. Ich rede mir ein, dass ich das gewöhnt bin, denn Tomas hat das schon so oft mit mir gemacht und ich rede mir ein, dass ein blauer Fleck nur ein Farbklecks auf der Haut ist und ich weiß, dass er verblassen und verschwinden wird. Ich weiß, dass blaue Flecken, die tiefer unter der Haut liegen, verborgen bleiben werden.

Ich habe ihm meinen eigenen Körper so gezeigt, wie er ist, hab ihm die Wahrheit gezeigt, aber ich verstehe nicht, warum er getan hat, was er getan hat.

Ich bin nicht das, was er gedacht hat.

Ich bin, was ich bin.

Ich schaue in beide Richtungen: Ein Weg führt zurück zum Palast, der andere Weg zu der Straße, über die ich gekommen bin, die Straße, die von hier wegführt, eine silberne Mondlinie. Es gibt nur eine Wahl.

Die Straße ist hart und kalt und mein Körper tut weh und ich habe ganz vergessen, wie es ist, barfuß zu laufen. Als ich zum Markt ging, waren meine Sohlen lederhart, aber jetzt spüren sie jeden Stein, jeden Krümel Erde.

Die Sterne beobachten mich. Bäume sind düstere Formen.

Ich gehe, ohne anzuhalten, halte mich immer an den Straßenrand. Niemand kommt vorbei, während die Welt schläft: Die einzigen Lebewesen, die jetzt wach sind, sind Eulen, Nachtschwalben, Füchse, Fledermäuse. Und ich. Ich, Ellyn.

Ich denke nicht nach. Ich erlaube es mir nicht. Ich lasse einen Fuß runtergehen, dann den anderen runtergehen. Mein Körper weiß, was er tun muss, meine zwei Beine wissen, wie sie mich von einem Ort an einen anderen befördern müssen.

Gegen Morgen beginnen die Sterne zu sterben.

Ich muss mich verstecken, wie die anderen Nachtlebewesen. Wir alle halten Ausschau nach einem sicheren Ort: Die Füchse und Dachse ducken sich in die dunkle Erde, Fledermäuse und Eulen schlüpfen in Löcher in Dächern und Bäumen. Ich klettere über einen Haselzaun auf ein Feld, sehe einen Unterstand in der Ecke.

Darin liegt muffiges Heu und getrocknete Kuhscheiße. Ich mache mir mit dem Heu einen Haufen und gebe ihm die Form eines Nests. Ich steige drauf und gehe im Kreis, immer rundrum, wie eine Katze, die gleich ihre Jungen bekommen wird. Ich lege mich hin.

Ich, Ellyn, habe mich auf meinem Heubett zusammengerollt und es riecht nach Totsommer.

Heubetten: zu Hause neben der Steinritze, im Schweinestall neben der Singschule, im Schuppen über den Pferden auf dem Weg zum Palast. Ich bin wieder da, wo ich hergekommen bin, bin das Tier Ellyn.

Ich bin wieder da, wo ich hergekommen bin, aber ich bin nicht dieselbe.

In meinem Heubett muss ich an dich denken.
An dich, Baby Agnes.

Ich habe in letzter Zeit nicht so viel an dich gedacht, wie ich es hätte tun sollen, ich war zu gefangen von den dicken Brokatvorhängen und Wandteppichen und Wandpaneelen und gewebten Teppichen. Ich war den Kleidern der Königin in die Falle gegangen und ihrem schmutzigweißen Gesicht. Gefangen von Musik.

Aber jetzt erfüllst du meinen ganzen Geist.

Ich denke an dich da auf dem Land am Rande der Welt unter einem richtigen Himmel voller Sonne und Vögel und Mond und Sternen.

Mein Körper schmerzt. Ich sehne mich schmerzlich nach dir, Baby Agnes.

Ich sehne mich schmerzlich nach mir und ich sehne mich schmerzlich nach dir.

Aber ich weiß nicht, wer ich jetzt bin, denn ich stehe mit einem Fuß in der Scheiße, mit dem anderen in der Kapelle. Ich weiß jetzt Dinge, kann lesen, kann schreiben. Ich will das auch für dich. Und ich will Musik für dich. Ich will dich an einen Ort mitnehmen, wo du sie hören kannst.

Ich sehne mich schmerzlich.

Meine Rippen tun immer noch weh, und ich bin aus der Rippe eines Mannes gemacht worden. Es ist ungerecht.

Ich sage mir, dass ich ihm auch wehgetan hab, Philip, als ich ihn gegen das Schienbein getreten habe. Ich habe mich gewehrt. Und ich sage mir, dass ich nicht widerlich bin, und ich sage mir, dass ich keine Drecksfotze bin, denn eine Fotze ist eine Spalte und im Inneren einer Spalte kommt noch mal eine ganze Welt, da ist die ganze Welt drin, denn ohne sie sind wir nichts.

Ich will, dass du das weißt, Agnes.

Das Heu riecht nach Zuhause. Ich rieche meinen eigenen Arm, meine Haut. Ich erinnere mich an deinen Geruch.

Ich schlafe den ganzen Sonnentag.

Und dann später, als die Schatten überhand gewinnen und die Welt nicht mehr beleuchtet ist, wache ich auf vom Abendgeruch des Heus. Regen fällt vor der Tür, aber das kümmert mich nicht.

Es kümmert mich nicht, dass der Boden mit verfaulenden Blättern bedeckt ist, die dorthin zurückgehen, wo sie hergekommen sind, sie werden verfaulen.

Ich ziehe meine Tunika aus in der Kälte, ziehe mein Hemd und mein schmutzigweißes Unterkleid aus, wickle den Stoffstreifen ab und lasse meinen Körper kommen wie zwei Hügel. Ich zieh mein Schmutzigweißes wieder an. Ich lasse mein eigenes Ich mein eigenes Ich sein.

Ich. Ellyn.

Ich werfe die Stoffbinden aufs Gras, in die toten Blätter. Sie können auch langsam verfaulen und in die Erde gehen und die Erde nähren, die die Pflanzen nährt, die die Welt nähren.

Agnes, dein rotes Haar ist genau dasselbe wie mein rotes Haar. Dein Körper wird eines Tages genauso sein wie mein Körper. Wir werden Landschaften sein.

Aber jetzt ist deine Welt flach und endet hinter dem Hügel. Meine Welt ist eine Kugel und hat kein Ende. Die Sonne hat sich früher um mich bewegt, jetzt bewege ich mich um sie. Wir sind nicht mehr der Mittelpunkt von allem.

Wir können nicht zurückgehen. Ich kann nicht dorthin zurückgehen und mich an die Kuh lehnen und Zitzen für Milch ziehen und zufrieden sein damit, Samen in die Erde zu stecken. Ich will mehr.

Ich will das alles auch für dich. Ich will dich aus dem Schlamm herausheben. Es gibt so viel zu sehen und zu hören auf der Welt. So viel zu sagen.

Ich werde kommen und dich holen, Agnes, aber wenn ich komme, müssen wir reden. Ich werde dich mit rausnehmen auf meinen Hügel und wir werden uns unterhalten. Ich werde zu dir sagen: Hör zu, wenn Gott in sieben Tagen die Welt erschaffen hat, dann stell dir bloß vor, was wir rothaarigen Frauen machen können. Ich werde dir von der Welt dort draußen erzählen und darüber, was die Leute haben. Wie einige von uns unsere Füße in Scheiße haben, andere ihre in Lederpantoffeln. Am Ende werde ich diese Ungerechtigkeit lautstark anprangern.

Aber ich werde dir auch von der Schönheit erzählen, die ich gesehen habe.

Und ich werde dir das hier erzählen.

Als ich weg war von dir, habe ich Lied mit meiner eigenen Kehle gemacht. Ich habe für die Königin gesungen. Ich habe eine Stimme.

Und zwar meine Stimme.

Ich habe begonnen, sie zu benutzen, und ich werde nicht aufhören. Sobald du angefangen hast, kannst du nie mehr aufhören. Du hast auch eine Stimme, Agnes, und ich will, dass du sie benutzt.

Die Nachtvögel singen jetzt und ich kann durch die Dunkelheit zu dir gehen.

Ich weiß nicht, wo ich hingehe, aber ich weiß genau, wo ich hingehe.

Ich komme dich holen.

Ich, Ellyn, komme dich holen, Agnes.

John Pitcher, einst Chorknabe Eurer Kirche in Wells, ward von dort hierher gebracht, auf dass er uns diene im Kinderchor unserer Kapelle.

Elizabeth I.